1941, 우리의 비밀 과외

1941, 우리의 비밀 과외

1941, 우리의 비밀 과외

말이 금지된 시대의
시인과 소녀

이민항
소설

다른

일러두기

* 작품 속 인물들이 지은 하이쿠(일본 고유의 정형시)는 모두 저자의 작품입니다.

* 작품 속 외래어는 국립국어원의 외래어 표기법을 따랐습니다.

* 외국어 시의 원문은 한글 표기로 옮겼습니다.

* 별면에 인용된 시는 모두 윤동주 시인의 작품입니다.

차례

하늘, 순   007

말이 금지된 시간   013

시의 형태   032

일상의 포착   051

말과 이름과 시   069

시에 마음을 숨기기   088

복습   103

시를 읽는 밤   127

말이 무르익는 시간   153

작가의 말   161

하늘, 순

내 이름은 한을순.

또는 기요하라 준코다.

손을 뻗어 빗방울을 만지작거릴 때마다 차가운 가을비가 손바닥을 식혀 주었다. 조선어를 사용했다는 이유로 다구치 선생님에게 매질을 당한 탓에 손바닥에는 온통 붉은 실금이 선명했다.

학교가 끝날 때쯤 내리기 시작한 보슬비는 변소에 들렀다 나오자 세찬 소나기로 바뀌어 있었다. 우당탕거리며 누군가 변소에서 급히 달려 나가는 소리가 들렸다. 분명 퍼붓는 빗소리를 들은 것이겠지. 하지만 변소의 처마 밑에 선 나는 걸음을 떼지 못하고 있었다. 우산을 가진 동무들이 모두 집으로 돌아가고 나서야 나는 뒤늦게 용기를 내어 빗속으로 뛰어들었다.

쭉 뻗은 칼날처럼

주룩주룩 가을비

빗방울을 만지면

동글동글 옥구슬

잠시만 내 손에서

데굴데굴 놀다 갈래?

하얀 저고리가 빗물을 머금은 만큼 내 마음도 무거워졌다. 좋아하는 시를 지었는데도 슬펐다. 울지 않으려 해도 눈물이 나는 건 아픔 때문이 아니었다. 내 이름을 함부로 부를 수 없다는 사실, 누군가 그 이름을 부르는 것만으로도 죄가 될 수 있다는 사실이 나를 슬프게 했다. 다구치 선생님은 황국 신민이 미개한 조선어를 썼다며 매를 들었지만, 도무지 받아들일 수 없었다. 분하고 원통해도 당장 할 수 있는 일이 없다는 사실에 나도 모르게 눈물이 터졌다. 앞으로는 울지 않기로 아버지하고 약속했는데.

어머니는 나를 낳고 석 달 만에 산욕열로 돌아가셨다. 어머니가 아버지에게 남긴 마지막 말은 내게 이름을 지어 줄 수 있어 다행이라는 것이었다. '순順'이라는 흔한 여자아이의 이름. 아버지는 어머니가 지은 이름, '순'이 다채로운 뜻을 품고 있어서 좋다고 했다. 순하다. 따르다. 가르치다. 잇다. 편하다. 온화하다. 피하다. 바르다. 옳다. 귀여워하다. 실마리. 예쁜 눈. 가끔 어머니가 보고 싶은 날에는 뒷산 풀숲에 누워 하늘을 보았다. 흘러가는 새털구름 사이로 해가 빼꼼 고개를 내밀면 나는 내 이름을 발음해 보았다.

"하늘순."

온화한 하늘. 하늘을 따라가다. 하늘을 잇다. 하늘처럼 예쁜 눈. 내 이름은 얼굴도 기억나지 않는 어머니가 남기고 간 유일한 선물이다. 그래서일까 그 이름을 속삭이면 마치 어머니가 내 옆에 누워 속삭이는 듯했다.

내 이름이 일본식으로 바뀔 수도 있다는 말을 들은 건 2년 전 소학교를 졸업할 무렵이었다. 아버지가 운영하는 인쇄소는 나날이 번창했고, 덕분에 나는 지금 다니는 학교에 입학을 앞두고 있었다. 아버지는 내 의사는 묻지도 않고 입학 원서에 진짜 이름이 아닌 가짜 이름을 적어 냈다. 학교에서 이름 때문에 불이익을 받을 수도 있다는 게 이유였지만, 나중에 알고 보니 불이익 수준을 넘어 아예 입학이 취소될 수도 있는 상황이었다.

총독부는 모든 조선인이 이름을 일본식으로 바꾸도록 하는 창씨개명 정책을 시행했다. 이를 따르지 않은 사람에게는 식량 배급을 하지 않거나 행정 업무를 거부하거나 취업을 취소하는 등 온갖 불이익이 뒤따랐다. 많은 사람이 반발했지만, 오히려 총독부는 이름을 바꾸지 않으면 비국민으로 낙인찍어 이 땅에서 살지 못하게 할 거라고 으름장을 놓기까지 했다.

이런 상황에서도 아버지는 태평했다. 오히려 자신의 존함, '한문주' 석 자를 크게 외치며 조상에게 누가 되는 일은 결코 하지 않을 거라고 했다. 하지만 얼마 지나지 않아 나는 아버지가 거짓말을 하고 있다는 걸 알았다. 그즈음 아버지는 스즈키라는 주임관과 연이 닿아 총독부에서 발행하는 유인물의 인쇄를 맡기 시작했는데 우리 집에 온 주임관이 술을 마시던 중 아버지를 무심결에 기요하라 군이라고 불렀기 때문이다. 아버지가 할아버지가 모셔진 위패를 한번 쳐다보고 "하이!"라고 외치는 바람에 나는 그것이 무슨 뜻인지를 금세 알아챘다. 그렇다고 아버지가 원망스럽지는 않았다. 술을 못하는 아버지가 그날은 연거푸 잔을 비웠으니까.

"서류 신청은 하지 않았으니 우리는 아직 한 씨고, 네 이름은 한을순이야. 누가 너 이름 바꿨냐 물어보면 그냥 얼버무리면 돼."

손님이 가고 난 뒤 아버지의 해명에도 나는 아무 말 없이 고개만 끄덕였다. 그리고 곧장 밖으로 나와 뒷산으로 향했다. 어머니의 유일한 유산인 내 이름, 더는 그 이름으로 불릴 수 없다는 사실이 괴로웠다. 그날은 맑은 하늘의 따스한 햇볕 대신 잿빛 하늘에서 차가운 빗방울이 내리쳤다.

1941년이 되었지만, 그때나 지금이나 달라진 건 없다. 나는 아직 내 이름과 말을 지킬 힘이 없다. 찬기가 눌어붙은 코끝이 아렸다.

"하아아."

차가운 가을비 사이로 입김이 뭉게뭉게 나부꼈다. 숨 쉴 때마다 엄마가 지어 준 이름이 내게서 빠져나가는 것 같았다. 골목 안 다다미 집들 너머로 흩어지는 입김이 뒷산에서 보던 새털구름 같다고 생각할 무렵, 누군가 눈앞에 우산을 불쑥 내밀었다. 남자의 손이지만 가냘프고 흰 손. 거무튀튀한 내 손보다 예쁜 손.

우산을 쥔 남자는 말쑥한 전문학교 교복 차림이었다. 빳빳하게 세운 검정 옷깃 위로 손등만큼 하얀 얼굴이 도드라졌다. 하지만 그의 얼굴을 정확히 보지는 못했다. 내가 괜찮다고 하기도 전에 그는 자신이 쓰던 우산을 내게 넘기고 하숙집이 모여 있는 골목으로 들어가 버렸기 때문이다. 저 사람은 누굴까? 나는 낯선 이의 갑작스러운 친절에 의아해 하면서도 그의 정체가 궁금해 견딜 수 없었다.

　여기저기서 단풍잎 같은 슬픈 가을이 뚝뚝 떨어진다. 단풍잎 떨어져 나온 자리마다 봄을 마련해 놓고 나뭇가지 위에 하늘이 펼쳐 있다. 가만히 하늘을 들여다보려면 눈썹에 파란 물감이 든다. 두 손으로 따뜻한 볼을 쓸어 보면 손바닥에도 파란 물감이 묻어난다. 다시 손바닥을 들여다본다. 손금에는 맑은 강물이 흐르고, 맑은 강물이 흐르고, 강물 속에는 사랑처럼 슬픈 얼굴― 아름다운 순이의 얼굴이 어린다. 소년은 황홀히 눈을 감아 본다. 그래도 맑은 강물은 흘러 사랑처럼 슬픈 얼굴― 아름다운 순이의 얼굴은 어린다.

말이 금지된 시간

"학교에서 연락받았다."

아버지가 단감 조각을 입에 넣으며 말했다. 나는 입을 꾹 다물었다. 어떤 일이 벌어졌는지 애써 설명하지 않아도 다구치 선생님이 이미 아버지에게 전화로 말했을 것이다.

"저는 잘못한 게 없어요."

"안다."

아버지의 짧은 대답에 조금 안심이 되었다.

"그래도 다음부터는 조심 좀 해라. 이 아비 밥줄 끊기는 거 보고 싶지 않으면."

"네."

내가 다니는 고등여학교는 원래 일본 학생만 다니는 학교였다. 그런데 3년 전에 《제3차 조선 교육령》에 의해 조선인이 다니던 고등보통학교와 통합되며 조선 학생을 받기 시작했다. 당연히 교육의 질이나 학교 시설 면에서 조선인들만 다니던 고등보통학교하고는 비교가 되지 않았다.

사회 고위층 자녀들이 학교에 많이 다녀서인지 아버지는 내게 항상 입조심을 당부했다. 학교에서 무심코 던진 말을 누군가 제 부모에게 달려가 이르거나 선생님이 확대해석하기라도 하면 자칫 인쇄소의 계약 취소로 이어질 수도 있기 때문이다.

그래도 아버지는 한 번도 계집애가 무슨 공부냐, 같은 말을 한 적이 없다. 오히려 학교에 가기 싫다는 말을 먼저 꺼낸 것은 나였다. 선생님들의 매질이 무서워서였지만 그럴 때마다 아버지는 지금 배워야 나중에라도 억울한 일을 겪지 않는다며 나를 다독였다.

"혹여나 그 선생이란 작자가 또 물어보면 그냥 개명했다고 그래. 설마 총독부 서류까지 뒤져 보겠어?"

"그건 거짓말이잖아요."

"거짓말 좀 하면 어떠냐? 곧 진짜로 이름을 바꿔야 할지도 모르는데…."

아버지가 짧은 한숨을 쉬었다. 총독부는 1940년 8월 10일까지였던 창씨개명 기한을 1941년 12월 31일까지로 연장했지만, 아버지는 버틸 때까지 버텨 보자는 입장이었다. 지금까지는 주변에 개명 신청을 했다고 둘러대고 총독부에 뇌물을 바쳐 가며 정식 개명을 피해 왔지만, 이마저도 올해가 지나면 어렵다고 했다.

나는 아버지가 이름을 포기하지 않는 이유가 비단 양반의 자손이기 때문만은 아니란 걸 알고 있다. 굳이 인쇄물을 다 읽지 않아도 제목만 보면 그 내용이 대충 짐작된다던 아버지는 이름이 모든 말의 시작이라고 여기는 사람이었다. 아버지의 직업병일 수도 있지만 나도 그 의견에 동의한다. 이름은 사람에게 붙이는 제목 같은 것이다. 하와이 사탕수수 농장으로 일하러 간 작은아버지는 이름을 승주에서 스티븐으로 바꾸었고, 연해주에서 독립운동하다가 지금은 소식이 끊긴 외삼촌은 이름을 경호에서 니콜라이로 바꾸었다고 한다. 그들의 정신은 살아 있지만, 그들이 죽고나면 이름은 끊어지고 말은 옅어질 것이다. 내가 처음 들은 말이자 어머니에게 들은 유일한 말은 나의 이름 순이다. 그 이름에서부터 나의 모든 말이 시작된 것이다.

"계십니까?"

아침부터 손님이 찾아왔다. 이 시간에 집에 올 사람은 없는데? 아버지보다 먼저 마루에서 내려와 대문을 연 나는 깜짝 놀라고 말았다. 어디서 본 사람이 문 앞에 서 있었기 때문이다. 자세히 보니 내게 우산만 건네고 사라진 말쑥한 차림의 청년이었다. 저번처럼 교복을 입고 있어서 어렵지 않게 알아볼 수 있었다.

"누구시죠?"

"실례지만 한문주 어르신 계십니까?"

"울 아버지신데⋯. 일단 들어오시죠."

청년은 나를 흘긋 보더니 이내 딴청을 피웠다. 분명 그도 나를 알아봤을 텐데, 애써 나를 피하려는 모습이 웃기기도 하고 한편으로는 어이가 없었다. 그렇지만 내 눈썰미는 속일 수 없다. 당황한 기색을 다 보았으니까.

"내가 한가이오만. 무슨 일?"

"안녕하십니까, 어르신. 처음 뵙겠습니다. 저는 요 앞 전문학교 문과에 다니는 학생입니다."

"그런데?"

"혹시, 이걸 인쇄할 수 있을지 해서요."

청년은 낡은 가방에서 원고지 뭉치를 꺼내어 조심스레 아버지에게 건네었다. 그러자 아버지는 자개장에서 돋보기안경을 찾아 코에 걸치고는 손가락에 침을 묻혀 가며 원고를 훑어보았다. 두께가 꽤 되어서 다 읽지는 않았지만 아버지는 청년의 의도를 단번에 알아챘다.

"시집을 내려고?"

"네, 제가 직접 쓴 것들입니다. 졸업 기념으로 77부 정도 출간을 생각하고 있습니다."

"행운의 숫자 7이 두 개인데 그 행운이 자네를 따를 것 같진 않구먼."

"무슨 말씀이십니까?"

"그 정도 양은 수지 타산에 맞지 않거든. 돈이 훨씬 많이 들 거야. 인쇄물은 많이 찍을수록 값이 싸지는 법이니까."

"얼마 정도 듭니까?"

"300원. 나니까 이 정도지. 다른 데 가면 400원, 500원, 심지어 1,000원도 부를걸?"

"아… 제가 수중에 200원이 있긴 한데, 나머지는 어떻게든 마련해 보겠습니다."

"뭐 그건 내 알 바 아니고, 돈도 돈이지만 말이야…."

아버지는 콧수염을 손으로 비틀기 시작했다. 거절하고 싶은 난처한 제안이 오면 나오는 습관이었다.

"시들이 온통 조선말로 되어 있어서 이대로 인쇄했다간 총독부가 '네 이놈!' 하겠는걸? 인쇄물은 전부 총독부의 검열을 받게끔 되어 있어. 이런 상황에서 조선말로 글을 쓴다는 게 어떤 의미인지 자네가 더 잘 알지 않나?"

"그렇군요… 알겠습니다. 실은 같은 이유로 내주려는 데가 없어서요. 혹시 하는 마음에 어르신에게까지 찾아왔습니다. 어르신께선 조선 제일의 인쇄소를 운영하고 계시니까요."

"조선 제일이라고 추켜 준 건 고맙네만, 미안하게 됐군."

"아닙니다. 저야말로 아침부터 불쑥 찾아뵈어 죄송합니다."

청년은 애써 미소 지었지만, 나는 그 미소에서 쓸쓸함을 엿볼 수 있었다. 순간 마음속에 어떤 반항심 같은 것이 일었다. 평생

품어 본 적 없는 감정이었다. 굳이 이유를 찾자면 내게 대가 없는 친절을 베푼 사람을 매몰차게 내몰고 싶지 않아서였다.

"아버지, 저분의 부탁, 들어주는 게 어때요?"

"뭐라고?"

"그게, 그러니까….'

"왜 갑자기 그리 말하는 게야? 너하고 저 사람하고 무슨 관계인데?"

아버지는 돋보기안경 너머로 수상하다는 듯 나를 쳐다보았다.

"그게… 뭐, 특별한 관계는 아니옵고 저도 오늘 처음 본 사이이긴 합니다만… 어떠한 생각도 떠오르고….'

"무슨 생각?"

"멸종 동물을 보호하려고 각 나라에서 애쓰고 있다고 수업 시간에 배웠습니다. 없어지는 동물도 보호하는 마당에 없어지는 조선말 좀 보호하는 것도 나쁠 것 없지 않습니까?"

"허, 참. 수지가 안 맞는다고 하지 않더냐?"

"며칠 전에는 저런 소규모 인쇄물도 받으시지 않았습니까? 농촌 계몽 운동 한다는 사람들이 교과서로 쓴다고 하니 비용도 깎아 주셨잖아요. 그거보단 안에 글이 조선말로 되어 있어서 그런 거 아닙니까?"

"이 녀석이… 쓸데없는 말을 하고 있네."

마구잡이로 질러 본 거지만, 아버지가 콧수염을 배배 꼬는 속

도가 점점 빨라지고 있었다. 아버지는 청년이 가져온 원고를 다시 집어 들었다. 긴장했는지 청년의 얼굴은 먹구름이 낀 하늘처럼 보였다.

"꼭 조선말로 출간해야겠나?"

"그 부분은 어찌 양보가 어려울 것 같습니다."

"자네가 젊어서 모르나 본데, 세상을 살다 보면 말이야, 유도리를 발휘해야 할 때가 있는 법이지. 어려운 상황을 피해 갈 수 있는 조상님들의 지혜라고나 할까."

"저기, 어르신 죄송하지만, 유도리는 일본말인데…."

"어허! 지금 그런 게 중요한 게 아니고! 조금 타협을 보잔 말일세. 가령, 옆에다가 주석으로 일본말을 달아서 출간하는 건 어떤가? 야학에서 일본말 교육용으로 쓴다고 하면 총독부에서도 딱히 막을 것 같진 않은데."

"아, 그런 방법이! 그러면 나중에 그 부분만 따로 잘라 내면 되니까…. 역시, 어르신 대단하십니다."

청년의 얼굴이 아침 해처럼 환해졌다.

"책을 자르든 말든 그건 내 알 바 아니고. 문제는 비용인데…. 방금 생각한 조건이 있는데 어찌하겠나?"

"뭐든 말씀만 해주십시오."

갑자기 적극적인 자세가 된 청년을 뒤로하고 아버지는 잠시 내 얼굴을 살피며 헛기침을 하더니 말을 이었다.

“자네, 전문학교 문과에 다닌다고 했지?”

“네.”

“그러지 않아도 이 아이가 어문 쪽으로 관심이 있는 것 같은데 영 기본기가 없어서 말이야. 과외 선생을 붙여 주고 싶어도 나서는 이가 많지 않고…. 그래서 말인데, 인쇄비를 100원 깎아 줄 테니 그 대가로 석 달간 이 아이의 일본말 교습을 해 주면 어떻겠나?”

갑작스러운 제안에 내가 “아버지!”라고 외쳤지만 아버지는 내 말을 못 들은 척했다. 방금 내게 당한 것에 대한 소심한 복수가 틀림없었다. 아버지의 말을 들은 청년은 난처한 표정을 지었다. 나도 이쯤에서 일이 마무리되면 좋겠다고 생각했다. 내가 먼저 아버지에게 청년의 의뢰를 들어주자고 하긴 했지만, 어디까지나 제안이지 나도 이를 고집할 생각은 없었으니까. 이 정도면 그가 베푼 은혜를 어느 정도 갚은 셈이니 이야기가 잘 안되더라도 받아들일 생각이었다. 그런데 청년은 뭔가 굳은 결심이라도 했는지 비장한 표정으로 고개를 천천히 끄덕였다.

“어르신께서도 양보하신 것이니… 좋습니다. 일본말은 저도 부족하지만, 열심히 가르쳐 보겠습니다.”

“그럼, 그리해 주게. 내일부터 이 아이의 어문 과외를 맡아 주게나.”

아버지의 말에 청년도 만족한 듯 고개를 끄덕였다. 이게 아닌데. 작게나마 은혜를 갚으려다 졸지에 과외까지 받게 되니 눈앞이 캄캄해졌다. 일본어는 아직 헤매는 과목인데 과외를 받는다고 나아질까? 아마 손님도 지금은 원고 인쇄 때문에 어쩔 수 없이 해보겠다고 했지만 조만간 학생이 너무 무식해서 못 가르치겠다며 도망칠 것이다.

아버지가 나의 장래를 걱정하는 건 알지만, 갑자기 과외라니! 황당하고 두려웠지만, 아주 조금은 기대가 되기도 했다. 그리고 아버지가 무슨 생각으로 청년에게 그런 제안을 했는지 알 것도 같았다. 아버지는 입버릇처럼 말했다. 말과 글을 몰라 고통받는 수많은 사람을 돕고 싶다고. 그러기 위해 책을 내는 출판사를 차리고 싶다고. 아버지의 꿈을 언젠가는 내가 이어받아야 한다. 그러기 위해서 나는 배워야 한다.

나는 학교가 좋다. 배울 수 있어서. 그래서 학교에 오가는 길, 머무는 시간, 어느 하나 놓칠 수 없다. 아침 햇살에 흐드러진 들꽃, 저녁놀에 물든 신작로 주변 초가지붕, 시장 아주머니들이 흥정하는 소리, 엿장수 아저씨의 짤막하게 끊어지는 가위질 소리, 위풍당당하게 거리를 누비는 육중한 전차까지.

학교에서의 풍경은 또 어떤가. 동무들과의 수다는 어디서 그런 다양한 주제들이 나오는지 모를 정도로 다채롭고, 수업 시간에는 수많은 지식을 공짜로 얻을 수 있다. 그러나 매번 좋은 건 아니다.

아무리 노력해도 검도나 총검술 실력은 늘지 않고, 신사 참배를 빼먹으면 호되게 혼나기도 한다. 황국 신민 체조를 할 때는 긴장 감에 가슴이 타들어 가는 것 같다. 조선 사람들의 나약한 정신을 개조하기 위해 만들어졌다고 하는데 그래서인지 동작 하나라도 틀리면 앞으로 불려 나가 틀린 횟수만큼 회초리를 맞아야 했다. 그래도 이 정도는 견딜 만하다.

나의 1년은 좋은 날이 7할이고, 겨우 견딜 만한 날이 3할이다. 그리고 오늘은 겨우 견딜 만한 날 중 하나였다. 동무들이 말을 붙이거나 선생님이 뭔가를 시켜도 나도 모르게 조선말을 쓸까 봐 하루 종일 "네", "아니오"로만 답했다. 왜 그러는지 따로 설명하지 않아도 손바닥의 붉은 회초리 자국을 보고 다들 이유를 묻지 않았다. 그런데도 말을 많이 한 날보다 더 피곤해져서 얼른 돌아가서 쉬고 싶다는 마음뿐이었다.

"그거 들었어?"

집으로 돌아갈 준비를 하던 내게 김명자가 다가와 말했다. 명자는 우리 반에서 가장 수다스러운 아이다.

"이번에 선생님에게 찌른 거 또 조소명이가 한 짓이란다."

"뻔한 일인데 뭐 큰일 난 것처럼 말하나?"

내가 뚱하게 답하자 김명자가 목소리를 높였다.

"넌 다 좋은데 항상 그 애매한 자세가 문제야. 물에 물 탄 듯, 술에 술 탄 듯. 그러니 우리 반 황국범생 애들이 우리를 더 무시

하는 거 아니겠어? 이럴 때일수록 우리끼리 똘똘 뭉쳐야지.”

우리 반 아이들은 선생님 몰래 무리가 나뉘어 있다. 몰래 조선말을 쓰는 아이들은 말 안 듣는 조선인이라는 뜻의 ‘불령선인’, 일본말로는 ‘후테이센진’이라 불리고, 일본말을 유창하게 하는 아이들은 황국인 일제의 모범생이라는 뜻으로 ‘황국범생’이라고 불린다. 두 무리가 서로를 무시하는데, 조선말을 쓰는 아이들은 나처럼 아직 창씨개명을 하지 않은 경우가 많아서 다들 거짓말을 하고 있다. 거짓말쟁이끼리는 서로 알아보는 건지 나는 분명 개명했다고 말했지만 아이들은 그 말을 믿지 않았다.

나는 둘 중 어느 무리에도 속하고 싶지 않지만, 조선말을 쓰는 아이들이 나를 더 친근하게 대하는 게 사실이다. 나도 조선말을 쓰다가 혼난 적이 여러 번 있는 데다 저번에는 아이들 앞에서 본보기로 크게 혼나서 그 여운이 아직까지 남아 있으니까. 그런 데다 내 시험 성적이 잘 나온 뒤로 불령선인 아이들이 아예 나를 황국범생 대표 조소명의 대항마로 여기는 것 같다. 선생님들은 우등생과 열등생을 나누어 수업을 진행하는데 조선말을 쓰는 아이들은 거의 열등생에 속해 있어 알게 모르게 차별받고 있었기 때문이다.

“미안, 오늘은 아무것도 신경 쓰고 싶지 않아. 다음에 이야기하자.”

“그래, 알았다. 그럼, 내일 보자.”

당분간 어디에도 엮이고 싶지 않고 어느 것도 신경 쓰고 싶지 않았다. 부당한 대우를 받고 오늘 아무런 대응도 하지 못했던 것처럼, 내일도 모레도 반전의 기회는 오지 않을 것이다. 싫든 좋든 조선말은 조만간 끝장이 날 시한부 인생이니까 말이다.

김명자를 보내고 나는 학교의 공중변소로 향했다. 엄격한 규율 때문에 온종일 긴장한 탓에 학교가 끝나면 으레 용변이 마려웠다. 엄마의 기일마다 아버지와 함께 가는 사찰의 큰스님이 변소를 해우소라고 부르던 게 생각났다. 스님은 해우소가 '근심을 풀어 주는 곳'이라는 뜻을 가지고 있다고 했다. 그래서인지 변소에 오면 하루의 근심이 쫙 풀리는 듯했다.

'내일은 좋아지겠지.'

볼일을 마치고 나오자 상쾌한 기분을 북돋아 주듯 멀리 프로펠러 비행기가 날아가는 모습이 보였다. 비행기를 보는 날은 왠지 모르게 운이 좋았다. 요즘 들어 비행기가 나는 모습을 많이 보니까 내일은 괜찮아질 것이다.

"야."

누군가 부르는 소리에 바로 답하지는 않았다. 필시 덤벙거리는 김명자가 내게 내일 준비물을 물어보러 돌아온 것이겠지. 그런데 뒤를 돌아본 나는 화들짝 놀라고 말았다. 목소리의 주인공은 명자가 아닌 사환이었다.

사환은 학교 학생은 아니고 교무실과 학교에서 잔심부름이나 여러 잡다한 일을 도맡아 하며 월급을 받는 아이다. 그래서인지 내 또래로 보이긴 해도 딱히 친분이 있거나 하진 않았다. 그런데 갑자기 내게 말을 건 것이다.

"네?"

"갑자기 웬 존댓말? 놀라서 심장이 쪼그라들기라도 했냐?"

"그건 아닌데…."

나의 태도에 사환은 씩 웃고는 말을 이었다.

"널 잡아먹을 건 아니고 뭐 물어볼 게 있어서 그래."

"뭔데?"

"얼마 전에 비 오던 날 기억나지? 그날 혹시 누가 변소에서 나오는 걸 봤어?"

사환의 말에 나는 기억을 더듬어 보았다. 그날 누군가 변소 밖으로 뛰쳐나간 건 확실한데 얼굴을 보지는 못했다.

"잘 모르겠는데?"

"그럼, 나중에라도 변소에서 수상한 사람 보면 바로 알려 줘. 알았지?"

내가 아는 대로 말하자 사환은 이를 듣고는 다시 한번 씩 웃더니 밖으로 나갔다. 하지만 나는 그 미소가 왠지 불길하게 느껴져서 기분이 좋지만은 않았다.

집에 선생님이 와 있었다. 아버지는 선생님과 마주 본 상태로 대청마루에 앉아 도라지 차를 마시고 있었다. 책 보퉁이를 아무데나 던져 놓고 자리를 피하려는데 아버지가 대뜸 나를 부르더니 선생님 옆으로 와서 앉으라고 했다.

찻상 위에는 차와 함께 즐길 다과로 아버지가 마당의 감나무에서 손수 딴 단감과, 선생님이 빈손으로 오기 뭐하다며 종로 제과점에서 사 왔다는 화과자가 나란히 놓여 있었다. 감은 질리도록 먹어서 화과자가 풍기는 향긋한 냄새에 침을 꼴깍 삼키다가 애써 그러지 않은 척했다. 그러자 선생님은 화과자가 담긴 접시를 내 앞으로 슬그머니 밀어 놓았다.

"전문학교에선 무얼 배우고 있나?"

"최현배 교수님께 조선어를, 이양하 교수님께 영문학을 배우고 있습니다."

"최현배 그 양반, 듣자 하니 조선말 가르치다 학교에서 잘렸다던데 아직 계시는가 보네."

"얼마 전에 도서관 사서로 복직하셨습니다. 말씀대로 교직을 잃으셔서 비정규 과정으로 배우고 있습니다."

"그렇다면 실력은 의심할 여지 없겠구먼. 그래도 전문학교 문과라니 이거 참….."

"뭔가 다른 걱정이 있으십니까?"

"자네 말이야. 졸업하면 잘해야 총독부 말만 받아 적는 앵무새 역할이나 할 터인데 앞으로 고생길이 훤하지 않은가? 어디 가서 힘깨나 쓰려면 전문학교 졸업장으론 무리고, 대학교 졸업장이 있어야 하는데 더 공부하려면 일본 내지로 유학 가는 수밖에 없으니, 원.”

아버지는 왜 저런 쓸데없는 말을 하실까? 아버지의 오지랖에 선생님은 알 듯 말 듯한 엷은 미소를 지었다.

“아무튼, 졸업반이라고 들었는데 졸업할 때까지만이라도 딸아이를 맡아 주게나. 이때쯤 하교하니까 이 시간에 맞춰 오면 될 거야.”

“여부가 있겠습니까. 어르신께서 어려운 결정을 해주신 만큼 성심성의껏 가르치겠습니다.”

선생님의 말을 들은 아버지는 만족한 듯 고개를 끄덕끄덕하더니 자리에서 일어났다. 선생님이 허리를 굽혀 인사하자, 아버지도 이에 답례하고는 미색 중절모를 쓰고 밖으로 나갔다. 인쇄소에 일을 보러 가시는 것 같았다.

아버지가 자리를 뜨자 너른 대청마루에는 나와 선생님, 둘만이 남았다. 고요한 시간만큼이나 어색함도 늘어나고 있었다. 나는 화과자를 하나 더 입에 넣으려다 간식을 먹을 때가 아니라는 생각에 다시 접시에 내려놓았다.

“방금 아버지가 한 말은 제가 대신 사과드릴게요. 가끔, 아니 자주 쓸데없는 말씀을 하시지만 악의가 있진 않아요.”

“괜찮아요. 아무렇지 않습니다.”

선생님이 웃으며 화답했다.

"문과로 진학하고 싶다고 들었어요."

"제가 손아래이오니 말씀 낮추셔도 됩니다."

"제가 배우는 교수님들께서는 언제나 말로 저를 존중해 주시니 저도 그렇게 할 생각입니다."

"네."

"저는 문과에 간다고 했을 때 집안의 반대가 심했습니다. 의사나 법관이 되길 바랐거든요. 그래도 고집을 부리자 아버지가 드시던 밥그릇을 던지시지 뭡니까."

선생님이 이마를 들추며 그때 밥그릇을 맞아 생겼다는 옅은 흉터를 보여 주자 나는 피식 웃고 말았다.

"…죄송해요."

"그럴 만도 하셨지요. 부모님은 항상 자식의 앞날을 걱정하시니까…. 어르신 말씀대롭니다. 큰일을 하려면 학위가 있어야 하고 그러려면 내지로 가야 합니다. 더 위로 올라가길 바라는 건 모든 부모님이 똑같을 거예요. 이해심 많은 부모님을 둔 순이 학생이 부럽네요. 나도 이런 좋은 토대에서 순이 학생이 더 높이 날 수 있도록 열심히 가르칠 생각입니다."

선생님은 가방에서 이런저런 종이 뭉치들을 꺼냈다.

"학교에서 배우는 것들인데 순이 학생에게도 도움이 될 겁니다. 하숙집에 수업 자료로 쓸 만한 게 더 있나 찾아볼게요. 어르신께선 일본말을 가르쳐 주었으면 좋겠다고 하셨지만, 실은 썩 잘하는 편이 아니라서…. 대신 조선말하고 영어는 확실히 가르쳐 줄 수 있어요.”

“제가 잘못 들은 건 아니지요? 영어는 몰라도 조선말은 배우고 싶지 않아요. 실은 조선말 쓰다가 학교에서 혼나서….”

“조선말은 미래가 밝아요.”

선생님은 뭔가 확신에 찬 목소리로 말하고 단감을 집어 들더니 한 입 베어 물었다.

“이 단감 말입니다. 원래는 아주 떫어서 먹기조차 힘들었을 텐데 여름의 뜨거운 햇살을 견딘 덕에 지금은 화과자에 버금갈 정도로 다디달게 되었지요? 우리에게도 그런 날이 오면 망가진 말을 회복시켜야 하고 그러면 조선말을 잘하는 사람이 필요할 것이니, 이 정도면 전도유망하지 않나요?”

“그럼 조선말로 된 욕이나 가르쳐 주세요. 날 때린 선생님 욕이나 실컷 하게.”

“욕이요?”

“제 생각에 조선말은 욕할 때나 전도유망할 것 같거든요. 앞으로는 모두가 고상한 일본말을 쓴다고 하니 조선말로는 욕이나 하겠죠. 그러면 상대가 못 알아들을 테니.”

“그렇군요.”

선생님은 내 말을 듣더니 고개를 끄덕였다.

"그럼, 뭐부터 할까요? '지랄'부터 할까요?"

그러고서 선생님은 조선말로 된 욕설들의 뜻과 유래를 진지하게 설명해 주었다. 나는 친절한 말투와 단정한 외모를 갖춘 선생님의 입에서 걸쭉한 욕이 나오는 것에 한 번, 그리고 선생님이 생각보다 많은 욕설을 알고 있다는 사실에 또 한 번 충격을 받았다.

참
새가을 지난 마당은 하이얀 종이

참새들이 글씨를 공부하지요.

째액째액 입으로 받아 읽으며

두 발로는 글씨를 연습하지요.

하루 종일 글씨를 공부하여도

쨱 자 한 자밖에는 더 못 쓰는 걸.

참
새

가을 지난 마당은 하이얀 종이

참새들이 글씨를 공부하지요.

시의 형태

"다구치 선생님이 너 오래."

등교하자마자 반장인 조소명이 칠판을 지우다 말고 말했다. 다구치 선생님이 나를 찾는다고? 어째서? 하지만 소명이도 선생님의 말을 전달한 것일 뿐 이유는 모른다고 했다. 직접 가서 확인하는 수밖에 없었다. 좋은 일로 찾는 건 아닐 것 같아서 괜히 긴장이 되었다.

우리 반 담임이자 어문 교사인 다구치 선생님은 학생 선도를 담당하고 있다. 저번에 동무들과 대화하다 조선말로 서로의 이름을 부르는 걸 들켜서 몽둥이로 손바닥이 으스러지게 맞았는데 이번에는 또 무슨 일이지? 아직 화가 덜 풀리셨나? 설마, 아직 창씨개명하지 않은 걸 들킨 건가? 만일 그렇다면 지난번에 맞은 것과는 비교도 안 되는 벌을 받을 것이다. 괘씸죄. 선생님을 기만했

으니 허리춤에 차고 있는 일본도로 날 베어 버릴지도 모른다. 칼
에 베이면 너무 아플 텐데, 어쩌지? 어떡해야지? 이런 절체절명의
상황에서는 거짓말을 해도 된다고 아버지가 그랬다. 평소에는 그
러면 안 되지만, 내가 죽을 것 같은 상황에서는 일단 살고 봐야
하니까.

잔뜩 긴장한 상태로 교무실 문을 두드리자, 검정 제복을 입고
옆에는 기다란 칼을 찬 다구치 선생님이 내게 가까이 오라며 손
가락을 까닥거렸다. 정말 저 칼로 나를 베려나? 내가 쭈뼛거리며
다가서자 다구치 선생님은 길게 기른 콧수염을 손끝으로 매만지
며 말했다.

"기요하라 군. 요즘 왜 그래? 다 죽어 가는 사람처럼."

"몸이 좋지 않아서요."

"저번에 처벌받은 것 때문에?"

"절대 아닙니다."

"그때 앞으로 다시는 조선말을 쓰지 않겠다고 맹세했지?"

다행이다. 개명과 관련된 일은 아닌 것 같다. 다구치 선생님은
내게 수업 중에 조선말을 쓰지 않겠다는 확답을 받으려고 부른
것이다. 더는 허튼짓을 용납하지 않겠다는 선생님의 강한 의지겠
지. 나는 머리칼이 헝클어질 정도로 고개를 강하게 끄덕였다.

"물론이죠. 저번 일은 정말 실수였습니다. 얼굴이 안 좋아 보였
다면 죄송합니다. 앞으로는 몸가짐을 바로 하여…."

"내 말뜻은 그게 아니고. 경솔한 행동으로 인해 자칫 너의 재능을 썩힐까 봐 우려하는 것이다."

"죄송하지만, 무슨 말씀 하시는지 전혀 모르겠습니다."

"이 하이쿠, 네가 지은 것이냐?"

다구치 선생님은 책상 위에 놓인 서류철 안에서 종이 한 장을 꺼내 들었다. 내가 작문 시간에 작성한 하이쿠였다.

감꼭지가   가키노헤타

눈동자처럼   히토미노요우니

하늘을 본다   소라오미루

'하이쿠'란 일본 고전 시를 말한다. 평소 다구치 선생님은 하이쿠가 가진 간결함이야말로 야마토 정신, 즉 천황에 대한 사무라이의 고결한 충성심을 가장 잘 표현하는 방법이라며 극찬하고는 했다.

"어디서 베꼈지?"

"베끼다니요! 그런 적 없습니다."

"네가 직접 썼다고?"

"네."

"하이쿠는 각 행을 5-7-5 음으로 맞춰야 해서 정서를 생각했다고 해도 이를 음으로 표현하기가 쉽지 않은데, 어찌 이런 생각을 했지? 감꼭지를 눈동자에 비견한 것 하며 같이 하늘을 보고 있다는 것까지도. 다른 선생님에게 보여 줬더니 정말 학생이 쓴 거냐며 감탄하더군.”

학교에서 가장 무서운 선생님이 분에 겨운 칭찬을 하자 나는 웃어야 할지 울어야 할지 헷갈리기 시작했다.

“이대로 간다면 넌 분명 마쓰오 바쇼* 같은 훌륭한 하이쿠 시인이 될 수 있을 거다. 단, 네가 조선말에 대한 미련만 버린다면 말이지.”

“명심하겠습니다.”

“그래서 말인데 네 재능을 꽃피울 기회를 주겠다.”

“네?”

다구치 선생님은 벽보를 가리켰다. 동백제. 동백꽃이 꽃망울을 틔우는 12월에 열리는 교내 문화 행사다. 연극, 문예, 다도, 검도, 신체조, 서예, 꽃꽂이 등 학생들이 한 해 동안 갈고닦은 기량을 뽐내는 행사로 동백제가 열리는 일주일 동안은 학교뿐만 아니라 주변까지 온통 축제 분위기다. 게다가 올해는 10주년이 되는 해라 총독부의 높은 사람들도 초청해서 행사를 성대하게 열 계획이라고 했다.

“다음 달에 열리는 교내 백일장에서 입상하면 동백제 문학의

---

* 마쓰오 바쇼(1644~1694), 하이쿠의 성인으로 불리는 일본 에도 시대 시인.

밤 행사에서 작품을 여러 사람 앞에서 낭송할 수 있다. 학교에서 초대하는 외부 인사 중에는 상급 학교의 교수들도 있지. 전문학교쯤은 특채로 어렵지 않게 진학할 수 있고, 잘하면 내지로 유학을 갈 수 있을지도 몰라. 계집애라고 천대받는 조선에서는 상상도 못 할 일이 네게 벌어지는 거다. 어떠냐? 구미가 당기지?"

"제가요? 말도 안 돼요!"

"아니. 내 눈은 틀림없다. 하지만, 이건 어디까지나 네게 자질이 보인다는 이야기일 뿐. 더 올라가느냐 마느냐는 모두 너의 노력에 달려 있다."

유학이라고? 선생님이 나를 매질한 것에 미안함을 느껴 헛바람을 넣으려는 게 틀림없다. 그런 건 나혜석 작가 같은 세련된 신여성이나 할 수 있는 일인데, 나처럼 촌티 풀풀 나는 아이가 유학이라니!

그래도 가끔 더 넓은 세상으로 나가고 싶다는 생각을 한다. 저 뒷산의 구름이 흘러 흘러 다다르는 곳은 어딜까? 넓고 넓은 세상에는 어떤 신기하고 재미있는 일들이 기다리고 있을까? 우리 집안 어른 중에는 해외에 나가 있는 분들이 많으니까 자연스레 그런 생각이 들 법도 하다. 작은아버지께서 일생에 한 번은 꼭 봐야 한다고 편지로 말씀하신 뉴우요오크의 자유의 여신상을 직접 보고 싶기도 하고.

아니지, 아니야. 상상은 자유지만 너무 멀리 갔어. 다구치 선생님은 모든 것이 나의 노력에 달려 있다고 했지만, 사실 노력해도 안 되는 일들이 얼마나 많은가. 코피가 터져 가며 아무리 열심히 공부해도 반에서 1등은 언제나 조소명, 아니 시라카와 고아키인 것처럼.

"알겠습니다. 그럼, 한번 해보겠습니다."

"그래. 그런 자세지. 멋진 작품 기대하마."

나는 얼떨떨한 얼굴로 다구치 선생님의 제안을 받아들였다. 하지만, 시작부터 눈앞이 캄캄했다. 작문 시간에 지어 낸 하이쿠는 어쩌다 얻어걸린 것에 불과하다. 진정한 내 실력에서 나온 작품이 아니란 말이다. 백일장에 참가해서 오히려 다구치 선생님을 실망시키지 않을까? 선생님은 나를 과대평가하고 있는 게 틀림없어.

교무실 밖으로 나오자 조소명이 눈을 동그랗게 뜨고 날 쳐다보고 있었다. 뭔가 노려보고 있는 것도 같았다. 어째서? 난 소명이에게 잘못한 게 없는데? 혹시 나도 모르게 저지른 잘못을 파헤쳐서 또 다구치 선생님에게 이르려는 건 아닐까? 그러나 의문을 해소하는 데 그리 시간이 오래 걸리지는 않았다.

"백일장에 나간다고?"

"응. 운문 분야에 응모하기로 했어."

"수업 중에도 몇 번씩 조선말이 튀어나오는 네가?"

나는 소명이의 말에서 알 수 없는 적개심을 느꼈다.

"그렇긴 한데…. 뭐 잘못되었어?"

"잘못된 건 아니고 네가 걱정되어서지. 나도 운문 분야에 나갈 거라."

"나 같은 열등생은 신경 쓰지 않아도 돼. 그냥 선생님이 하래서 참가하는 데 의의를 두는 정도니까."

"그래. 나도 그럴 생각이야. 왠지 기요하라 준코 네가 헛된 꿈을 꿀까 봐."

"그 말 하려고 여태 기다린 거야?"

"아니. 이번 백일장 대상은 내가 받을 거란 말을 하려고. 이번에 대상을 받으면 교장 선생님이 내지에 있는 학교에 편입할 수 있는 추천서를 써준다고 했어. 그래서 난 이번 대회에 모든 걸 걸었어. 내가 하려고 나서면 무조건 1등인 거 알지? 그러니 포기하려면 지금 하는 게 좋을 거야."

소명이의 갑작스러운 도발에 나는 순간 더 잘하고 싶다는 생각이 마구 솟구쳤다. 내가 불령선인 아이들을 대표하는 것이 아닌데도.

"네가 그렇게 나오니 나도 절대 포기할 수 없겠는걸? 매번 조선말 쓰는 애들 무시하고 몰래 선생님에게 일러바치는 거 모를 줄 알아? 반장이랍시고 고자질밖에 할 줄 모르면서."

"뭐야? 말 다 했어! 아니다. 지금 너하고 이렇게 입씨름할 때가 아니지. 어찌 되었든 잘해 봐. 경쟁자가 있어야 재미가 있지. 손쉽게 얼어 버리면 나도 재미가 없으니까.”

소명이의 입꼬리가 살짝 올라갔다. 어쩜 저런 말을 낯빛 하나 변하지 않고 할 수 있지? 갑작스러운 소명이의 선언에 나는 웃어야 할지 울어야 할지 몰라 애매한 표정을 지었다. 마치 앞으로 뭐 해 먹고 살 거냐는 아버지의 이야기를 듣던 과외 선생님의 얼굴처럼 말이다. 선생님…? 맞다, 선생님이 있었지! 과외 좋다는 게 뭐겠어. 내가 원하는 걸 언제든 배울 수 있다는 거 아니겠어?

교실로 가는 소명이의 뒷모습을 보며 나는 주먹을 꽉 쥐었다. 어떤 감정 하나가 가슴을 꾹 누르고 있었다. 그것은 반드시 백일장에서 우승해야겠다는 의지라기보다 날 깔보는 소명이에 대한 복수심에 가까웠다. 우승은 못 해도 너만큼은 꼭 이길 거야. 나를 포함해 고자질 당해 억울하게 혼났던 다른 아이들을 위해서라도.

마루에 찻상을 펴고 선생님과 마주 앉은 나는 앞에서 한숨만 푹푹 쉬고 있었다. 마음이 온통 딴 데 가 있어 집중할 수 없었다.

“히라가나나 가타카나를 배울 수준은 아닌 것 같고, 어디부터 할까요? 천자문을 공부해 본 적 있나요? 한자를 안다면 일본말은 쉬이 공부할 수 있을 것 같습니다만. 혹시… 듣고 있나요?”

“네? 네….”

“오늘 우리 첫 수업인 건 알고 있지요?”

“네, 선생님.”

나의 딱딱한 대답에도 선생님은 부드러운 미소를 지었다.

“처음이라 긴장해서 그러는 줄 알았는데 이제 보니까 영 집중을 못 하네요.”

“죄송해요. 그게….”

“학교에서 무슨 일 있었어요?”

선생님의 물음에 조금 망설이다 오늘 학교에서 있었던 일과 그 일 때문에 교내 백일장에 나가게 되었다는 것을 모두 말했다.

“그랬군요. 학교 선생님이 순이 학생이 지은 시가 마음에 들었나 보네요.”

“시 쓰는 걸 좋아하긴 해도 뜬금없이 백일장에 나갈 하이쿠를 지으라니…. 다구치 선생님이 뭔가 단단히 착각하신 게 틀림없어요.”

“그래도 어딘가에서 재능을 보신 게 아닐까요?”

“처음부터 싹수가 보였다면 우리 반 반장 소명이처럼 편애하셨겠죠. 얼마 전까지 조선말 쓴다고 마구 두들겨 패던 양반이 갑자기 눈을 반짝이며 잘해 주니까 당황스러워요. 부담스럽기도 하고요. 그냥 얼어걸린 것 같은데 제 작품을 보고 실망하시면 어떡하죠? 지금까지 그랬던 것보다 더 혼내실 게 틀림없어요.”

선생님은 내가 속사포 같이 쏟아 내는 말을 들으며 말없이 미소만 지었다.

"그래서 말인데…. 선생님, 하이쿠 좀 가르쳐 주실 수 있어요?"

"하이쿠?"

"갑자기 부탁드려 죄송하지만…. 어차피 하이쿠도 일본말로 된 시니까 일본말을 공부한다는 원래 취지에도 부합하고…. 게다가 선생님은 문학부라면서요. 시를 전문적으로 배우시지 않나요?"

"콕 집어 하이쿠를 배우진 않지만, 말마따나 시에 대해선 배우지요. 그리고 하이쿠도 시이긴 합니다만."

"그러니까 제게 시를 가르쳐 주실 수 있지 않나요?"

내 말에 선생님은 고개를 갸우뚱했다.

"시 쓰기는 좋아해도 누굴 가르칠 수준은 아니라서…."

"선생님, 제발요! 저는 지금 비상이라고요. 제 운명이 걸렸어요."

"백일장은 비상이라기보단 오히려 숨겨진 재능을 펼칠 기회가 아닐까요?"

"하지만 하이쿠는 시이고, 거기다가 일본말로 써야 하잖아요. 저는 시도 일본말도 잘 못해요."

"시는 말을 잘하고 못하고를 떠나 누구든 쓸 수 있어요. 나 같은 사람도 시를 쓰고 있는걸요. 그리고 그 시가 일본말이든 조선말이든 어떤 말로 되어 있는지는 중요하지 않다고 생각해요. 시에서 중요한 건 감정이고 말은 그 감정을 담는 그릇에 지나지 않거든요."

“그렇지만….”

“그래도 시에는 나름의 형식이 있고, 개중에서도 하이쿠는 독특한 형식을 가지고 있습니다. 아마 형식 정도는 가르쳐 줄 수 있을지도 모르겠네요. 가만있자. 저번 학기에 이 내용을 배운 것도 같은데….”

선생님의 가방 안은 저번보다 훨씬 많은 종이 뭉치와 공책으로 꽉 차 있었다. 아마도 과외 교습에 쓰려고 수업 자료를 전부 챙겨 온 듯 보였다. 잠시 후, 한참이나 가방을 뒤진 선생님은 구깃구깃한 종이 몇 장을 내 앞에 내밀었다.

“이거 한번 읽어 볼래요?”

“이게 뭔데요?”

“와카에 관해 학교에서 듣던 수업 자료인데 하이쿠를 처음 지은 사람이 우리 조상이라고 하더군요.”

선생님이 꺼낸 자료에는 ‘와카’가 천 년도 전에 일본에서 유행하던 시 형태의 고전 가요라고 쓰여 있었다. 와카는 총 5행, 5-7-5-7-7의 음절로 이루어져 있는데 여기서 첫 3행이 훗날 하이쿠로 발전했다고도 덧붙여져 있었다.

“백제의 학자인 왕인은 오래전 한자와 유학을 일본에 전해 주어 내지에서는 학문의 시조로 추앙받는다고 합니다. 왕인 박사가 가르치던 제자가 천황에 즉위했을 때 이를 축하하기 위해 노래를 지었는데, 이게 바로 최초의 와카 중 하나인 ‘난파진가’입니다.”

난파진에   나니와즈니

피었구나 이 꽃이   사쿠야코노하나

겨울 지내고   후유고모리

이제는 봄이라고   이마와하루베토

피었구나 이 꽃이   사쿠야코노하나

– 왕인, 〈난파진가難波津歌〉

"아, 그러니까 와카의 앞부분만 떼어 보면 그것이 하이쿠고 이를 우리 조상 중 한 분이 지었단 말이군요. 저는 옛날 일본 노래라고 해서 뭔가 다를 줄 알았어요."

"시나 와카나 하이쿠는 각자 생김새는 달라도 어떤 특정한 부분에서 공통적으로 소리의 반복을 추구하고 있어요. 반복이야말로 사람의 감정을 가장 잘 나타내는 방법이니까요. 이렇게 같은 음과 형태를 반복하는 걸 '운율'이라고 합니다. 와카나 하이쿠는 이러한 운율을 철저하게 지킨 시입니다. 그것도 무려 천 년 동안이나."

"글자의 수를 맞춰서 운율을 만드는 방법으로 시의 감정을 표현한다…. 뭔가 알 것 같으면서도 모르겠네요."

"얼레리 꼴레리란 말을 들어 본 적 있어요?"

"있죠."

"언제였죠?"

“소학교 다닐 때 옆 반 남자애를 좋아하지도 않는데 다른 애들이 그 애하고 사귄다고 괜히 놀렸어요.”

“한 번?”

“아뇨, 여러 번. 실은 쫓아다니면서 계속.”

“계속 들으니까 어땠어요?”

“짜증 났어요.”

“애들이 어떻게 놀렸지요?”

“뭐 이를테면…. 얼레리 꼴레리 얼레리 꼴레리 누구하고 누구하고 사귄대요 사귄대요.”

“어때요? 세 글자와 네 글자가 계속 반복되면서, 듣는 사람은 복장이 터지지요?”

순간 선생님이 말한 시의 운율이란 것이 무엇인지 단번에 이해되었다. 내가 언짢은 기억에 잠시 빠져 있는 사이 선생님은 마루를 내려와 댓돌 위에 가지런히 놓인 구두를 신었다.

“지금부터 시를 써 볼까 하는데, 같이 갈래요?”

늦은 오후, 집 밖은 사람들로 북적였다. 귀가하는 학생들, 슬슬 장사를 접으려는 상인들, 저녁 일을 하러 나오는 근로자들. 평범한 일상의 풍경이었다. 뭔가 색다른 가르침을 받을 거란 예상과 달리 선생님은 한동안 지나가는 사람들만 물끄러미 바라보고 있었다. 마음 같아서는 지금 뭐 하시는 거냐고 묻고 싶었지만, 시를 가르쳐 달라고 조른 건 나였기에 입을 다물고 있었다. 하지만 호기심이 지루함이 되고 지루함이 의문이 되어 자꾸만 내 입을 달싹이게 만드는 바람에 더는 참을 수 없었다.

"시를 가르쳐 주신다면서요?"

"그렇죠."

"제가 볼 땐 멀거니 서 계신 거 같은데."

"실은 사람들을 바라보는 중이었어요. 무언가를 바라보는 것이야말로 시를 쓰기 전에 가장 먼저 할 일이거든요. 한번 눈앞의 풍경을 바라봐요."

"음… 특별한 게 없어요."

"자세히 보면 분명 뭔가 다른 게 눈에 들어올 겁니다."

"으음… 전혀요."

내가 미간을 찌푸리며 말하자 선생님은 인자한 미소를 지으며 말했다.

"특별한 걸 보라는 게 아니고 자연스럽게 있는 그대로 바라보면 됩니다. 그다음엔 그 느낌을 그대로 종이 위에 적어 보세요. 가령, 저기 물건을 파는 아주머니 보이지요? 보면서 어떤 느낌이 드나요?"

집 근처에서는 시장이 열리기 때문에 가난한 보부상들의 왕래가 잦았다. 상인들은 큰 소리로 자신이 가져온 푸성귀나 반찬거리, 생필품 등을 열심히 팔고 있었다. 떨이를 외치며 본디 가격보다 싸게 파는 사람도 있었고, 같은 물건인데 왜 그리 싸게 파냐며 옆 상인에게 따지는 사람도 있었다. 그도 그럴 게 상인들은 노면 전차를 타고 주변 마을에서 사대문 안으로 들어오는데 저녁이 되면 전차를 운행하지 않는다. 그래서 해가 뉘엿뉘엿 서산을 향해 가는 지금은 상인들이 시간에 쫓길 만한 때였다. 아예 장사를 접고 봇짐을 진 채 전차 승강장으로 향하는 이들도 보였다.

"음, 뭔가 북적거리고 산만한 느낌? 다들 화난 듯 소리치고 있어요. 날이 저물 때가 다 되어서인지 얼른 물건을 팔고 가려고."

"아무래도 팍팍한 우리네 삶 때문이겠지요?"

"그렇죠."

"저 아주머니가 왜 옆의 상인과 싸우면서까지 언성을 높여 호객하고 있는지, 상상해 볼래요?"

"음… 아마 이른 아침부터 나와 물건을 파셨을 거예요."

"맞아요. 야채며 옷감이며. 등에는 아이를 업고 손에는 꾀나리 봇짐을 들고 힘들게 오셨겠지요. 물건을 파는 동안은 어땠을까요?"

"물건을 늘어놓고 지나가는 사람들에게 '아이고 손님, 이 물건 좀 보고 가소.' 했겠지요."

"지나가는 사람들은 물건을 구경하거나 흥정할 테지요. 운이 좋아서 팔 때도 있고. 그러지 못할 때도 있고. 한 푼이라도 싸게 사거나 비싸게 팔려고 목소리가 높아지다 보니 어느새 지금처럼 오후가 되었네요. 자, 이제 집으로 돌아갈 시간이 되었어요. 그런데 지금 뭘 하고 계시지요?"

"한쪽으로는 더 크게 소리 지르며 물건을 끝까지 팔려고 하면서도 다른 쪽으론 다 팔리지 않은 물건을 주섬주섬 챙기고 있어요."

"맞아요. 아마 내일도 저 아주머니에게는 같은 상황이 펼쳐질 거예요. 아이를 업고, 봇짐과 바구니를 잔뜩 짊어지고 이곳으로 오겠지요. 힘들지만 가족들이 먹고살아야 하니까요."

"그런 평범한 일상이 시가 될 수 있을까요?"

"물론이죠. 어떠한 꾸밈 없이 지금 본 것만으로도 충분히 시가 될 수 있어요."

그렇게 말하고 선생님은 나지막한 목소리로 떠오른 시 구절을 읊었다.

이른 아침 아낙네들은 시들은 생활을
바구니 하나 가득 담아 이고…
업고 지고… 안고 들고…
모여드오 자꾸 장에 모여드오.

"어때요? 많이 어렵지 않지요?"
"글쎄요…."

“실은 저도 한 번에 잘 쓰지는 못한답니다. 이렇게 생각하는 과정을 반복하며 말을 다듬다가 뭔가 확실해졌다는 생각이 들어야 원고지에 옮겨 적어요.”

선생님도 다구치 선생님처럼 나를 과대평가하고 있는 게 틀림없었다. 시집을 내려는 분이니 아무래도 나 같은 보통 사람과는 수준이 다를 텐데도 본인과 같은 수준으로 나를 보고 있는 것 같았다.

“시를 쓰는 데 가장 먼저 할 일은 무언가를 주의 깊게 바라보는 것이고 그다음은 표현하는 것이라고 저를 가르치는 이양하 교수님께서 말씀하셨어요. 본 것을 시로 표현하는 데는 세 가지 방법이 있는데 지금 그중 하나인 ‘보는 대로 표현하는 법’을 배운 겁니다.”

“좀 더 연습이 필요할 것 같아요.”

“맞아요. 그래도 순이 학생은 보는 눈이 좋으니까 금방 늘 거라고 생각합니다.”

“그래도 걱정이 돼요.”

“뭐가요?”

“제가 지으려는 건 하이쿠니까요. 처음엔 조선말로 보고 생각하지만, 결국엔 일본말로 표현해야 하잖아요.”

“아까 말했듯이 하이쿠는 시의 표현 형태 중 하나에 불과해요. 순이 학생이 무엇을 보고, 어떤 감정을 느꼈는지가 더 중요하지요. 형식은 그다음이에요. 스스로의 마음에 먼저 집중하다 보면 형식에 맞추어 쓰는 일은 그리 어렵지 않게 될 거예요. 슬슬 해가 지는 것 같으니, 우리도 이만 돌아갈까요?”

선생님이 먼저 걸음을 옮겼다. 해가 뉘엿뉘엿 산 너머로 넘어가는 걸 보니 뭔가 시상이 떠오를 것만 같았다. 나중에 선생님이 말하길 그때 선생님도 시상이 떠오를 것 같아서 서둘러 돌아온 거라고 했다. 노을은 그 생김새처럼 시인들의 마음을 타오르게 하는 좋은 소재라 노을을 주제로 한 시들이 아주 많다면서.

장   이른 아침 아낙네들은 시들은 생활을

바구니 하나 가득 담아 이고……

업고 지고…… 안고 들고……

모여드오 자꾸 장에 모여드오.

가난한 생활을 골골이 벌여 놓고

밀려가고 밀려오고……

저마다 생활을 외치오…… 싸우오.

왼 하루 올망졸망한 생활을

되질하고 저울질하고 자질하다가

날이 저물어 아낙네들이

쓴 생활과 바꾸어 또 이고 돌아가오.

일상의 포착

"웬일이냐? 이른 아침부터."

등교할 때 변소에 들렀는데 나를 본 사환이 깜짝 놀랐다.

"아침에 변소에 온 게 뭐 잘못인가? 용변 마려운데 낮과 밤이 어디 있다고."

"그건 네 말이 맞네."

사환은 그렇게 말하고는 제 할 일을 하러 갔다. 변소 청소를 하는 중이었다고 했다. 아직 청소하지 않은 칸을 가리키며 그곳에 들어가 볼일을 보라고 하는데 문을 닫고 볼일을 보려 해도 누가 밖에 있는 걸 안 이상 마음이 편치 않았다. 결국 나는 볼일을 보려던 걸 포기하고 밖으로 나왔는데 언제 돌아갔는지 사환의 모습은 보이지 않았다.

교실에 들어서자 소명이가 보였다. 소명이는 오늘따라 유난히 분주해 보였다. 아침부터 책상 사이를 참새처럼 총총걸음으로 뛰어다니며 자신이 일요일에 겪은 일을 이야기하느라 여념이 없었다. 대충 들어도 자랑이었는데, 황국범생 아이들의 폭발적인 반응과 달리, 불령선인 아이들은 뜨뜻미지근하기만 했다.

"그래서, 혼마치에 다녀왔다고?"

"응. 간 김에 아버지가 관리하고 있는 미쓰코시에도 갔지."

소명이가 혼마치라고 말한 곳은 우리들 사이에선 본정통으로 불린다. 조선말로 하면 경성 시내쯤 되려나. 아버지의 인쇄소가 그 근처에 있긴 하지만, 나는 일 년에 서너 번, 아버지가 은행 심부름을 시킬 때 말고는 자주 다니는 곳이 아니다.

본정통은 경성부 청사, 조선은행, 경성 우편국 같은 중심 시설뿐만 아니라 영화관, 카페, 살롱 같은 곳도 많아서 우리 같은 여자아이들의 눈을 휘둥그레지게 만드는 장소다. 아는 언니가 본정통에서 한 달 치 월급을 한 시간 만에 날렸다더라 하는 식의 무서운 소문이 있는 곳이기도 한데 그만큼 볼 것도 즐길 것도 많다는 뜻이다.

그런 본정통에서도 가장 유명한 곳은 역시나 미쓰코시 백화점이다. 그곳은 집 앞에 있는 난전 시장과 같은 도시에 있다는 것이 믿기지 않을 만큼 다른 세상처럼 보인다. 궁전 같은 건물 안에서 상류층으로 불리는 세련된 사람들이 지나다닌다. 그런 사람들이 찾는 물건은 또 어떠한가. 종류도 다양하고 품질도 좋은 데다 점

원들도 친절하다. 정가가 붙어 있어 가격 흥정이 안 되긴 하지만, 큰돈이 생긴다면 나도 가장 먼저 달려가고 싶은 곳이다.

"와, 정말? 거기 옥상 정원이 창경원보다 훨씬 좋다면서?"

"당연한 거 아니니? 창경원이 서민을 위한 공간이라면 미쓰코시 옥상 정원은 귀족을 위한 공간이라고 할 수 있거든. 그래서일까 거기서 만남을 가지는 모던 보이, 모던 걸들도 많더라고. 난 그 모던함을 느끼려고 옥상 정원의 벤치에 앉아 온종일 시를 썼어."

시를 썼다는 말에 귀가 번뜩 뜨이는 바람에 나는 듣기 싫은 소명이의 자랑을 더 자세히 들어야만 했다. 가을 신상품이 들어와서 많은 인파가 몰린 백화점에는 발 디딜 틈이 없었지만, 딱히 물건을 살 생각이 없던 소명이는 곧장 옥상 정원으로 향했다고 한다. 옥상 정원까지는 승강기를 타고 올라갔는데, 문이 열리는 순간 은으로 만든 세계에 온 것만 같은 착각이 들 정도였단다. 대충 들어 봐도 사람이 많았던 것은 사실이지만, 옥상 정원이 은빛 세계였다는 말은 허풍 같았다. 그런데도 소명이는 옥상 정원에 대해 말하기를 멈출 생각이 없어 보였다.

"대리석으로 만든 건물이며 바닥이며 어찌나 매끄럽고 화려한지. 특히 중앙에 있는 분수대 있잖아. 종 모양으로 물을 뿜는 걸 보고 있으면 하늘로 내뻗는 손짓 같아서 왠지 내 마음도 깨끗해지던걸. 경성의 야경을 못 본 건 아쉬웠지만 오랜만에 좋은 기운 듬뿍 받고 왔지."

“그래서 시는 쓴 거야?”

내가 퉁명스럽게 묻자, 소명이는 내게 눈웃음을 지으며 답했다.

“당연하지. 분수대를 보며 하이쿠 형태로 써봤어. 이번 대회를 목표로 아직은 연습 중이지만.”

“잘 이해가 안 되는데?”

“그럴 거야. 분수대의 맑은 물소리가 얼마나 마음을 깨끗하게 해주는지 넌 아마 평생 이해할 수 없을 테니까. 역시 시를 잘 쓰려면 견문을 넓혀야 한다고 생각해. 그래서 독일의 시인 라이너 마리아 릴케는 장미 정원을 가꾸었고, 영국의 시인 윌리엄 워즈워스는 수선화 정원을 산책했나 봐. 나도 그럴 생각이야. 앞으로 미쓰코시 백화점 옥상 정원을 나만의 창작 공간으로 삼기로 했어. 준코, 너도 네게 영감을 주는 너만의 창작 공간 하나쯤은 있겠지?”

“난 그런 비싼 곳 찾아다니지 않아도 잘만 쓸 수 있던걸? 우리 집 뒷산만 가도…”

“뒷산? 아아, 그래서 말라비틀어진 감꼭지 같은 시가 나온 거구나.”

이어지는 소명이와 황국범생 아이들의 웃음소리. 대꾸하려 했지만, 수업이 시작되는 바람에 그러지도 못했다. 결국 나 혼자만 붉으락푸르락한 얼굴이 되어 한동안 씩씩대고 있었다.

학교가 끝나고 집으로 돌아가는 대신 뒷산으로 향했다. 왠지 조바심이 들어서였다. 나도 얼른 나만의 작업실로 돌아가 소명이에게 본때를 보여 주고 싶었다. 릴케의 장미 정원이나 워즈워스의 수선화 정원은 아니어도, 미쓰코시 백화점의 분수대가 놓인 옥상 정원은 아니어도, 소박하지만 포근한 뒷산 정원에서도 얼마든지 시를 쓸 수 있다는 것을.

하지만, 멀리서 밥 짓는 연기가 솟아오를 때까지 내 머릿속엔 시상은커녕 아무것도 떠오르지 않았다. 머릿속이 그야말로 백지장처럼 새하얬다. 그제야 나는 시를 쓰겠다는 마음이 앞서는 바람에 정작 중요한 과외 교습을 빼먹었다는 사실을 깨달았다. 놀란 마음에 서둘러 산 아래로 뛰어 내려가자, 누군가 내가 있는 쪽으로 뒷짐을 지고 올라오는 게 보였다. 아니나 다를까 선생님이었다.

"죄송해요. 수업 빼먹어서 절 찾으러 오셨죠?"

"난 단지 달구경을 하러 왔는데….."

오늘이 보름날이라 달이 유난히 희고 밝긴 했다. 하지만 그렇게 말하는 선생님은 말끝을 더듬었다. 어쩌면 선생님도 나처럼 거짓말을 못 하는 성격인지도 모른다.

"실은 달구경 하러 온 것도 사실이고, 순이 학생을 찾으러 온 것도 사실이지요. 하도 안 오길래 어르신께 여쭈니 여기 있을 거라고 했어요. 날이 어두워질 때까지 뭘 하고 있었나요?"

"시를 고민하고 있었어요. 실은… 아무리 고민해도 답을 얻지 못했어요. 시를 쓰기 전에 무언가를 주의 깊게 바라보라고 하셨잖아요. 근데 눈에 아무것도 안 들어오고, 머리만 아프고.”

“조바심 갖지 말고 천천히 해봐요.”

“그게… 그럴 수가 없어요. 백일장이 얼마 안 남았으니까요. 또 누구를 자꾸 의식하게 돼서.”

“신경 쓰이는 사람이 있나요?”

“우리 반 반장이요. 소명이라는 아이인데 걔는 뭐든 잘해요. 시도 잘 쓰고요. 어제는 미쓰코시 백화점에 있는 옥상 정원에서 하루 종일 시를 쓰다 왔대요. 좋은 걸 보고 좋은 걸 느끼니까 좋은 시를 쓸 수 있지 않을까요? 시라는 게 보는 대로밖에 쓸 수 없잖아요. 하지만 제가 볼 수 있는 건 이런 엉킨 잡초들하고 마른 낙엽 더미하고 산 아래 다 쓰러져 가는 초가집들이 전부예요.”

하소연을 듣고는 있는지 선생님의 눈은 어느새 하늘로 향해 있었다. 정말로 달구경 하러 왔나? 내심 선생님의 위로를 받을 거라 기대한 나는 허탈함마저 들었다.

“그거 알아요? 달은 오래전부터 시인의 친구였어요.”

“그래요?”

선생님의 질문에 시큰둥하게 대답했지만, 선생님은 전혀 개의치 않은 듯했다.

“중국의 시인 이백도, 머나먼 영국의 작가 루이스 스티븐슨도 똑같이 달에 대해 노래했지요. 흥미롭게도 같은 대상을 바라보고 지었는데도 전혀 다른 시가 나왔어요."

침상 앞 밝은 달빛

땅 위에 서리인가

고개 들어 밝은 달을 보다

고개 숙여 고향을 그리네

– 이백, 〈정야사 靜夜思〉

거실 벽시계 같은 얼굴을 지닌 달은

정원 담장을 넘는 도둑과

거리와 들판과 항구 부두와

나무 덤불 사이로 자고 있는 새들을 비춘다.

(…)

– 로버트 루이스 스티븐슨, 〈달 The Moon〉

"달이라는 같은 대상을 보았는데 한 사람은 달빛에 초점을 맞추어 서리에 빗대고, 한 사람은 달의 모양에 초점을 맞추어 둥근 벽시계에 빗대어 표현했지요? 같은 대상을 보더라도 어디에 집중하느냐에 따라 다르게 표현할 수 있어요. 조금 더 감정이 와닿는 사물을 통해서요. 보는 게 중요하긴 해도 그게 시의 전부는 아닙니다. 이것이 바로 내가 본 것을 시로 표현하는 두 번째 방법인

'빗대어 표현하는 법'이에요."

"빗대어 표현한다?"

"어떤 사물을 다른 사물에 빗대어 표현하면 감정을 더 극적으로 끌어올릴 수 있어요. 저 달을 보면 뭐가 떠오르나요? 이를테면 달의 모양, 색깔, 빛, 그림자 이런 것들을 잘 아는 사물에 빗대어 표현해 볼래요?"

"음… 일단 달의 모양을 보면 시장에서 파는 빈대떡을 닮았어요."

"달의 모양은 빈대떡처럼 둥글군요. 색깔은?"

"백설기처럼 하얘요."

"달은 백설기처럼 하얗군요."

어쩌다 보니 두 번 다 먹거리에 빗대는 바람에 살짝 민망해졌다. 정말 소명이의 말처럼 본 대로만 쓸 수 있는 걸까? 분수의 물줄기를 보고 소명이는 하늘로 내민 손짓 같다고 표현하는데 뒷산의 달을 본 나는 고작 빈대떡 같다고밖에 표현하지 못하니까.

"그리고 달은… 엄마를 닮았어요."

"엄마?"

"근데… 사실 난 엄마가 어떻게 생겼는지 몰라요. 내가 태어나자마자 돌아가셨거든요. 아버지 말로는 엄마가 달덩이처럼 둥글고 예쁜 얼굴을 가진 사람이래요. 그래서 어릴 적부터 둥근 보름달만 보면 엄마를 생각했어요."

"그렇군요. 실은 나도 그래요. 나는 별을 보면 고향에 계신 어머니가 떠오릅니다."

선생님은 잠시 달 옆에 붙어 있는 별을 바라보았다. 별보다는 달을 좋아하는 편이지만, 나도 가끔 달 옆에 뜬 별을 바라보곤 한다. 달은 엄마 같고, 별은 어린 나 같다. 작은 그 반짝임은 자꾸만 달에 다가가려 하지만 결코 달에 가까워질 수 없다.

"달은 엄마 같아요."

"별은 어머니 같지요."

"별빛은 뾰족뾰족한 솔잎 같아요."

"달빛은 천천히 흐르는 물결 같지요."

"달은 멀리 있어도 늘 저를 따라오는 것 같아요."

"별은 어릴 적 추억처럼 점점 내게서 멀어지는 것 같네요."

그렇게 말하는 선생님의 목소리가 왠지 모르게 쓸쓸하게만 들렸다. 문득 고향이 생각나서일까. 선생님의 고향은 멀리 만주 땅, 북간도에 있는 명동촌이라고 했다. 기차를 타고도 한참을 가야 하는 곳이란다. 별에 여러 가지 사물을 빗대는 놀이를 하다가 문득 선생님의 표현이 하나로 모이고 있음을 알게 되었다. 하지만 이번에는 내색하지 않았다. 선생님을 방해하고 싶지 않아서였다. 이윽고 선생님은 눈을 감고 속삭였다. 선생님의 말은 바람을 타고 산 아래로 천천히 흩어졌다.

별 하나에 추억과

별 하나에 사랑과

별 하나에 쓸쓸함과

별 하나에 동경과

별 하나에 시와

별 하나에 어머니, 어머니….

선생님과 뒷산에서 시를 쓴 그날 뒤로 나는 조소명에게 자극받아서인지 선생님의 지도 덕인지는 몰라도 시에 대해 고민하는 시간이 늘었다. 학교생활은 다시 즐거워졌지만, 정신이 온통 시에 가 있었다. 역시 보는 대로만 쓸 수 있는 걸까?

"여기부터는 준코가 읽어 볼래? 준코? 준코. 기요하라 준코!"

짝꿍인 김명자가 옆구리를 찌르지 않았다면 나는 다구치 선생님으로부터 호된 꾸지람을 들었을 것이다. 다구치 선생님이 화를 내기 전에 엉거주춤 일어섰고 김명자의 귀띔으로 셋째 줄부터 교과서를 읽어 나갈 수 있었다. 혹여 일본말이 틀리지 않을까 염려하며 또박또박 읽는데 다행히도 어려운 한자가 없어서 무사히 마칠 수 있었다.

"내 수업에서 딴청을 피우다니 배짱 한번 좋구나."

다구치 선생님의 농담 같지 않은 농담에 등골이 오싹해졌다. 정신을 차리자, 급우들의 시선이 온통 내게로 향해 있었다.

“어디, 얼마나 대단한 생각을 하고 있었는지 말해 볼까? 수업과 관련 없는 망상이었다면 대가를 치러야 할 거야.”

“저어기, 그게… 창밖을 보며 시상을 떠올리고 있었습니다.”

“시상? 오호라. 백일장에 낼 하이쿠 말이구나. 꽤 열심히 하는군.”

다구치 선생님이 호탕하게 웃었다. 언제나 그렇듯 다구치 선생님의 다정한 태도는 적응이 되지 않는다. 그러나 이를 티 냈다가는 또 혼이 날 것 같아서 나도 어색한 웃음을 지었다.

“그렇게 말하니 얼마나 대단한 작품을 구상하고 있었는지 궁금해지는걸. 당장 확인하고 싶은데 보여 줄 수 있나?”

“보여 드리다니 잘 이해가 가지 않습니다만….”

내 말이 끝나기도 전에 다구치 선생님은 소명이를 일으켜 세웠다.

“두 사람, 진검 승부다.”

다구치 선생님이 허리춤에 차고 있던 칼을 뽑자, 몇몇 아이들은 놀라서 살짝 소리를 질렀다. 그러나 다구치 선생님이 말한 진검 승부는 진짜 칼로 승부하는 것이 아닌 시로 승부하는 것이었다. 나와 소명이가 10분 안에 하이쿠를 지으면 어떤 시가 더 마음에 와닿았는지 급우들의 투표로 승부를 겨룬다고 했다. 주제는 자유.

다구치 선생님이 다시 수업을 진행하는 동안 나와 소명이는 그대로 서 있었다. 미동도 하지 않는 것으로 보아 소명이는 시를 짓는 데 열중하는 것처럼 보였다. 하지만 나는 달랐다. 막상 멍석이 깔리자 아무 생각도 나지 않았다. 무엇을 주제로 써야 하지? 초조한 마음이 커지는 가운데, 문득 과외 선생님이 가르쳐 준 시를 짓는 방법이 생각났다. 바라본다. 본 대로 표현한다. 빗대어 표현한다.

"그럼, 누구부터 하겠나?"

다구치 선생님의 말에 소명이가 손을 번쩍 들었다. 다구치 선생님은 소명이가 시를 낭송할 수 있도록 교실 안을 조용히 시켰다.

"이 하이쿠는 제가 미쓰코시 백화점 옥상 정원의 분수대를 보며 쓴 것입니다."

물방울이	미즈타마가
하늘을 칭송한다	소라오타타에루
손을 뻗어서	테오타시테

소명이의 낭송이 끝나자 급우들의 박수가 터져 나왔고, 다구치 선생님은 입을 꾹 다물고 고개를 끄덕였다. 이윽고 선생님은 만족스러운 얼굴로 말했다.

"시라카와, 말할 수 없을 정도로 훌륭하다. 단순히 분수가 물을 뿜는 모습으로 볼 수도 있겠지만, '하늘'을 천황 폐하로, '물방울'

을 우리 신민들로 보면 엄청난 가산점을 받을 수 있는 작품이다.”

“과찬이십니다. 단지 연습 삼아 썼을 뿐입니다.”

“연습 삼아 썼다고? 그렇게 말하니 백일장에서의 모습이 더욱 기대되는군. 잘 들었다. 그래, 기요하라도 질 수 없지. 실력 한번 볼까?”

시간이 되었다. 더는 머뭇거릴 수 없다. 뭐로 써야 할까? 본 대로? 빗대어서? 어쩌지? 어떡해야 하지?

“저… 저는 어제 뒷산에서 보았던 보름달을 주제로 써보았습니다.”

“해보거라.”

보름달은　　　　　　모치즈키와

그리움을 품은　　　　코이시사오모츠

엄마의 찹쌀떡　　　　마마노모쩨

낭송이 끝나고, 잠깐의 침묵과 급우들의 엇박자 박수 소리에 나는 뭔가 잘못되었음을 깨달았다. 아무래도 소명이의 화려한 하이쿠에 비해 내 하이쿠가 소박하기 그지없어서 그런 거겠지. 소명이의 하이쿠를 듣고 환희에 차 있던 다구치 선생님도 내 하이쿠를 듣고는 뭔가 오묘한 표정을 지었다.

“기요하라, 보름달을 표현하는 말로는 ‘만게쓰’와 ‘모치즈키’가 있는데 어째서 흔히 쓰이는 만게쓰 대신 모치즈키란 말을 썼지?”

“운율을 맞추기 위해서였습니다.”

“모치즈키를 ‘모치쓰키’로 살짝 바꿔서 발음하면 떡을 만든다는 뜻이다. 혹시 그걸 노린 게냐? 게다가 앞과 뒤가 같은 수미상관 기법까지 쓰다니. 내용은 소박할지 모르나 문학적인 기교를 한껏 부렸구나.”

절대로 절대로 그럴 리가 없다! 나는 단지 보름달에 엄마의 얼굴을 빗대어 썼을 뿐이다. 엄마에 대해 물으면 아버지는 늘 엄마의 얼굴이 달처럼 희고 동그랗다고 답했으니까. 우연의 일치로 나는 몸을 배배 꼬아 가며 다구치 선생님의 분에 넘치는 칭찬을 감당하고 있었다.

“제군들의 생각과 달리 나는 기요하라의 하이쿠에 한 표를 던지고 싶다. 이거 우열을 가리기 힘들겠는걸?”

다구치 선생님은 사탕 가게에 들어온 어린아이처럼 나와 소명이가 지은 하이쿠를 천천히 음미했다. 자리에 앉은 소명이가 날 째려보는 것과는 정반대로 선생님의 얼굴은 평온했다. 학교에서 가장 무서운 사람이 저토록 문학을 사랑하다니. 다구치 선생님에 대한 생각이 바뀔지도 모르겠다고 생각하던 그때, 교실의 평온함은 허무하게 깨지고 말았다.

“선생님! 선생님! 큰일 났어요!”

갑자기 사환이 다급하게 교실 문을 열어젖히며 말했다.

"뭐지? 내 수업을 방해할 정도로 큰일인가?"

"가보시면 압니다. 교장 선생님께서 지금 난리가 나셨어요!"

"교장 선생님이? 별일 아니라면 가만 안 둘 거야."

다구치 선생님은 수업을 진행하다 말고 밖으로 달려 나갔다.

계절이 지나가는 하늘에는

가을로 가득 차 있습니다.

나는 아무 걱정도 없이

가을 속의 별들을 다 헤일 듯합니다.

가슴속에 하나둘 새겨지는 별을

이제 다 못 헤는 것은

쉬이 아침이 오는 까닭이요,

내일 밤이 남은 까닭이요,

아직 나의 청춘이 다하지 않은 까닭입니다.

별 하나에 추억과

별 하나에 사랑과

별 하나에 쓸쓸함과

별 하나에 동경과

별 하나에 시와

별 하나에 어머니, 어머니,

어머님, 나는 별 하나에 아름다운 말 한마디씩 불러 봅
니다. 소학교 때 책상을 같이 했던 아이들의 이름과, 패,

경, 옥, 이런 이국 소녀들의 이름과, 벌써 아기 어머니 된
계집애들의 이름과, 가난한 이웃 사람들의 이름과, 비둘
기, 강아지, 토끼, 노새, 노루, '프랑시스 잠', '라이너 마리
아 릴케' 이런 시인의 이름을 불러 봅니다.

이네들은 너무나 멀리 있습니다.
별이 아스라이 멀 듯이.

어머님,
그리고 당신은 멀리 북간도에 계십니다.

나는 무엇인지 그리워
이 많은 별빛이 내린 언덕 위에
내 이름자를 써보고
흙으로 덮어 버리었습니다.

딴은 밤을 새워 우는 벌레는
부끄러운 이름을 슬퍼하는 까닭입니다.

그러나 겨울이 지나고 나의 별에도 봄이 오면
무덤 위에 파란 잔디가 피어나듯이

내 이름자 묻힌 언덕 위에도

자랑처럼 풀이 무성할 거외다.

말과 이름과 시

공중변소 앞에 서 있는 교장 선생님의 얼굴은 빨갛게 상기되어 있었다. 평소 무표정한 얼굴로 등굣길의 학생들을 빤히 쳐다보곤 해서 돌부처란 별명이 있었는데 지금은 영락없는 사천왕의 모습이었다. 다구치 선생님은 그런 교장 선생님 앞으로 달려가더니 한껏 고개를 숙였다. 다구치 선생님이 고양이 앞에 선 쥐처럼 몸 둘 바 몰라 하는 모습은 평소 보기 힘든 진귀한 광경이었다.

"선생! 평소 아이들을 어떻게 가르쳤길래 이 모양이야!"

"죄송하지만 무슨 일 때문에 그러십니까?"

교장 선생님은 대답 대신 공중변소의 벽을 가리켰다. 가을맞이 대청소로 깨끗했던 변소 벽이지만 안 보는 사이 낙서가 늘어 있었다. 그러나 문제는 낙서의 양보다도 그 내용에 있었다.

조선은 조선인의 나라! 일본인은 내지로!

창씨개명 하려는데 '교장 똥이나 처먹어라!'란 이름은 어때?

이등박문을 죽인 안중근 의사처럼 언젠가 천황을 죽이고 세계 평화를 이룩한다.

"이런 입에 올리기 힘들 정도로 불량하고 상스러운 내용이 적히는 동안 대체 뭘 하고 있었나? 평소 학생들에게 뭘 가르치는 게야? 나에 대한 건 그렇다 쳐도 천황 폐하까지 욕보이는 건 도저히 참을 수 없네!"

"면목 없습니다."

"선생이면 선생의 의무를 똑바로 하란 말이야! 그래서야 어디 저 무식하고 미개한 조선 놈들을 자랑스러운 신민으로 키운다고 할 수 있겠는가?"

"죄송합니다. 다시는 이런 일이 일어나지 않도록 하겠습니다."

다구치 선생님은 잔뜩 얼어붙은 채로 허리를 완전히 숙이며 대답했다. 교장 선생님의 말은 부드러운 목소리와는 별개로 군대에서 장군이 내리는 명령처럼 들렸다.

"다들 들어가!"

교장 선생님이 자리를 뜨자 다구치 선생님은 소리를 질렀다. 모두가 쏜살같이 교실로 들어가는 모습이 마치 전등을 켰을 때 이리저리 흩어지는 바퀴벌레처럼 보여서 살짝 웃음이 났지만, 다구치 선생님이 이를 보기라도 했다간 큰 봉변을 당할 것 같아서 얼른 입술을 깨물었다.

"저런 몹쓸 짓을 한 사람이 누구지?"

다구치 선생님의 싸늘한 말이 시를 지으며 펼쳐진 마음의 꽃밭에 우박처럼 쏟아졌다. 다구치 선생님은 지금이라도 자수하면 자신의 선에서 끝낼 거라고 했다. 하지만 그것은 권유라기보다는 협박에 가까워서 선뜻 자신이 그랬다고 나서는 이가 없었다. 당연한 일이다. 어느 누가 스스로 호랑이 입으로 걸어 들어가는 짓을 하겠나?

"정 이렇게 나오겠다…."

다구치 선생님은 이런 상황을 예상했다는 듯 다음 단계로 넘어갔다. 수업은 이미 뒷전이었다. 선생님은 교탁 위에 놓인 출석부를 열어 유심히 살펴보았다. 그러고는 한 명씩 이름을 불러 앞으로 나오게 했다. 아무 이유도 말하지 않았다. 가네다, 리야마, 아라이, 사이카…. 나는 공통점을 찾을 수 있었다. 얼마 전까지 가네다는 김, 리야마는 이, 아라이는 박, 사이카는 최로 불리던 아이들이었다. 마지막으로 내 이름과 시라카와의 이름까지 불리자, 추측은 확신으로 바뀌었다.

"분명 너희들 중 범인이 있어. 얼른 말해. 시간 낭비하지 말고. 너부터. 너, 개명했어?"

"죄송합니다. 그게… 아직…."

　가네다 아키코, 김명자가 말했다. 제 딴에는 사실대로 말했을 것이다. 그러자 다구치 선생님이 커다란 손바닥으로 명자의 뺨을 때렸다. 어찌나 거셌는지 명자의 고개가 홱 돌아갈 정도였다. 채찍을 내리치는 듯한 커다란 소리와 함께 명자는 그만 울음을 터뜨리고 말았다.

　다음 차례인 열몇 명의 아이들은 어리둥절해하다가 상황 파악이 되었는지 자기들만의 변명을 늘어놓기 시작했다. 개명을 신청했으나 느리게 처리되었다, 이미 개명했는데 서류에 반영되지 않은 것 같다, 집에서는 계속 일본 이름을 써왔다… 하지만 그 이유가 조금이라도 어설프면 여지없이 뺨을 얻어맞았다. 각자 억울함을 토로하는 사이 나는 이런 상황에 처했을 때는 그냥 얼버무리면 된다는 아버지의 말을 떠올렸다. 하지만 그건 비겁한 사람의 변명에 불과했다. 아버지가 인쇄물의 제목만 봐도 내용을 알 수 있다고 한 것처럼, 나의 이름을 부정하는 건 결국 말의 시작을 부정하는 것과 같으니까.

　"기요하라, 너야?"

　하지만 정작 차례가 되자 나는 고개를 절레절레 흔들었다. 사실대로 말해야 한다는 양심이 커지기 전에 본능적으로 튀어나온 행동이었다.

　"그럴 리가요… 저번에 선생님께 약속드리지 않았습니까? 요즘 저는 좋은 시를 쓰기 위해 말 한마디도 조심하고 있습니다. 그래야, 야마토 정신을 담을 수 있으니까요."

"그래. 기요하라는 그럴 만도 하지."

"선생님! 저도요! 저도 그렇습니다. 저는 절대로 조선말을 쓴다거나 하는 멍청한 짓을 하지 않아요!"

내 말이 끝나기도 전에 소명이가 외쳤다. 소명이는 꽤 필사적이었다. 그 얼굴에는 못내 서운함도 담겨 있었다. 하지만 그런 소명이의 얼굴을 본 다구치 선생님은 별말 하지 않고는 교실 앞에 일렬로 서 있는 우릴 보며 외쳤다.

"다른 반도 너희들과 똑같이 조사할 거다. 오늘은 이렇게 넘어갈지 몰라도 결국엔 다 잡히게 되어 있어. 그러니 숨길 생각은 하지 않는 게 좋아. 오늘부터 낙서한 범인이 잡힐 때까지 너희 반은 모두 무기한 변소 청소다. 벽에 한 낙서들 싹싹 지우고 내게 검사 맡는다."

"수업은요?"

"수업 받을 자세가 안 되어 있는데, 수업? 그 전에 정신머리부터 싹 뜯어고쳐야지."

"하지만 선생님! 저는 이미 뼛속까지 내지인입니다. 이런 누명을 쓰는 건 부당합니다…'."

"뭐가 부당해? 얼마 전까지 너도 이런 후테이센진과 다를 바 없었잖아?"

다구치 선생님은 우리를 밖으로 내보냈다. 그 순간 나는 소명이의 얼굴에서 큰 실망을 엿볼 수 있었다. 다구치 선생님은 처음부터 우리를 잠재적인 범죄자로 생각하고 있었다. 처음부터 우리는 교육의 대상이 아닌 교화의 대상이었다.

나는 그렇다 쳐도 소명이는 어떡하지? 같은 처지인데도 오히려 소명이가 걱정될 정도였다. 평소 김명자 뺨칠 정도로 말하길 좋아하던 소명이는 변소로 향하는 동안 넋이 나간 듯 아무 말도 하지 않았다. 그런 우리에게 사환은 별말 없이 청소 도구를 내주었다. 청소 도구라고는 해도 조잡하기 그지없어서 거의 맨손으로 더러운 변소를 청소하라는 거나 다름없었다.

"아니지! 이건 아니야!"

소명이가 다 찢어진 수세미를 양동이로 던졌다.

"왜! 내가 왜 너희들하고 엮여야 하는데? 너희 같은 불량한 애들하고."

"우린 불량하지 않아."

듣다못한 내가 나섰다.

"그리고, 여기 너만 억울한 거 아니거든?"

"안 되겠어. 이 꼴을 벗어나는 방법은 한시라도 빨리 내지로 가서 완벽한 내지인이 되는 수밖에 없어! 난 이번에 꼭 장원을 해서 유학 갈 수 있는 추천장을 받을 거야!"

"야! 아무리 그래도 그렇지. 우린 조선인이잖아."

"우리? 우리라는 말 쓰지 마! 난 조선인 아니니까. 조선말 쓰는

너하고는 엮이기도 싫어! 똥물처럼 더러운 조선 물이 든 너희 모
두하고도!”

소명이가 울면서 뛰쳐나갔지만 아무도 붙잡지 않았다. 나는 자
리에서 일어나 소명이를 쫓아갔다. 소명이 입장이 이해되지 않는
건 아니지만, 그건 잘못된 생각이라고 말하고 싶었다.

‘똥물이라고? 웃기고 있네. 그런다고 내지인들이 너를 반겨 주
기나 할 거 같아? 아까 다구치 선생이 하는 짓을 보고도?’

문득 마음속 더러운 똥물에 비친 내 모습이 보였다. 아무것도
바꿀 수 없는 상황이라는 걸 왠지 소명이처럼 받아들일 수 없었
다. 아직 내게 조선말에 대한 미련이 남아 있는 게 틀림없다. 시간
이 지나면 괜찮아질까? 아버지가 최대한 늦춰 달라고는 했지만,
총독부에서 서류 승인이 끝나면 내 이름은 정식으로 기요하라
준코가 될 텐데. 말의 시작인 내 이름이 바뀌면 모든 것이 나아질
까? 일본말에 익숙해지는 그날이 올까?

한참을 쫓아갔는데도 어찌나 빠른지 소명이의 뒷모습조차 보
지 못했다. 조금 더 달리다가 의미가 없다는 생각에 다시 변소로
발길을 돌렸다. 변소에는 사환만 남아 청소 도구를 정리하고 있
었다. 다른 조선인 친구들은 다구치 선생님에게 청소 검사를 맡
자마자 투덜거리며 집으로 돌아갔다고 했다.

“너야?”

왠지 모를 느낌이 든 나는 사환에게 말했다.

“뭐가?”

“몰라서 물어? 변소에 이상한 낙서들.”

“얘 좀 봐, 생사람 잡으려고 하네. 증거 있어?”

사환의 말에 나는 아무 말도 할 수 없었다. 감정에 휩싸인 나머지 다구치 선생님과 똑같은 짓을 하고 만 것이다.

“증거 없지? 나 이대로 못 넘어가겠다. 선생님에게 이야기해서 네가 날 범인으로 몰려고 했다고 할 거야. 내가 선생님들에게 얼마나 신임받는지 알면 너도 그런 소리 못 할걸.”

“미… 미안해. 괜히 의심해서.”

“이게 미안하다고 될 일이야? 지금 학교가 발칵 뒤집힌 일의 범인으로 나를 몰려고 하는데.”

나는 어느새 목이 메고 눈시울이 뜨거워졌다. 뭔가 억울한 감정이 들어서였다. 하지도 않은 낙서를 했다고 의심받은 것에 비하면 아무것도 아니겠지만. 그런데 사환은 눈물이 그렁그렁 맺힌 나를 보자, 멋쩍은 웃음을 지었다.

“아이고, 너도 참. 농담이다, 농담.”

“하도 억울해서 그렇다. 왜!”

“그래, 그래. 알았다. 말 안 한다.”

“정말이지?”

“근데 말이야. 나도 맨입에 그러긴 좀 그렇고 내 부탁 하나 들어주면 그리할게.”

"뭔데?"

어디서 많이 보던 상황이라고 생각하는 사이, 사환은 뒤처리용으로 변소에 비치된 갱지를 북 뜯더니 내게 내밀었다.

"다구치 선생님이 너 시 잘 쓴다고 어찌나 칭찬하던지 나도 궁금하더라. 그래서 나도 네 시를 좀 읽고 싶은데, 일본말은 완전 까막눈이라서. 혹시 시를 여기다가 조선말로 적어 줄 수 있어? 내가 원할 때마다 한 편씩."

사환은 주머니에서 연필을 꺼내어 내게 갱지와 함께 건네었다. 그 모습에 갑자기 어리둥절해진 나는 나도 모르게 내가 지은 시를 조선말로 적어 내려갔다. 중간에 사환이 이게 무슨 내용이냐며 물어도 전혀 귀에 들어오지 않았다.

"순이 학생! 집에 가는 길인가요?"

집으로 향하던 나를 선생님이 먼저 알아보았다. 선생님은 전차 정거장에서 누굴 기다리는 것 같았다. 밖에서 우연히 선생님을 만나 기뻤지만, 그 마음을 제대로 드러내지는 못했다.

"안색이 왜 그래요? 무슨 일 있었나요?"

"그게⋯ 별거 아니에요. 어디 가시는 중인가 봐요?"

"종로에 일을 보러 가려고 누굴 좀 기다리고 있어요. 올 때가 되었는데⋯."

그때 선생님처럼 검정 교복을 입은 누군가가 우리가 있는 쪽으로 헐레벌떡 달려왔다. 그도 말쑥한 교복 차림이지만 선생님은 단추 하나 옷깃 하나 비뚤어지지 않아서 선생님 쪽이 훨씬 단정해 보였다.

"윤 형, 늦어서 미안해요. 근데 누구?"

"맞다. 서로 인사해요. 이쪽은 내 후배이자 문학 친구인 정 형이에요. 그리고 이쪽은 한문주 어르신의 따님이자 내 과외 학생인 을순 양."

"아, 윤 형이 과외 한다는 그 학생이로군요. 말씀 많이 들었어요."

"한을순이라고 합니다. 반갑습니다."

두 사람은 기숙사에서 살다가 지금은 함께 하숙하며 글을 쓰고 있는데 문학 친구라고 한 까닭은 선생님이 시를 쓰면 가장 먼저 읽고 조언을 아끼지 않아서라고 한다.

"어때요? 카페에 가기로 했는데 별일 없으면 같이 갈래요?"

다른 날 같으면 그대로 헤어졌을 테지만 내게 무슨 일이 있다는 걸 직감한 듯 선생님이 제안했다. 기분 전환을 시켜 주려고 일부러 그러는 것 같았다. 평소라면 사양했을 테지만 이대로 집에 돌아가면 그러지 않아도 가라앉은 기분이 더욱 가라앉을 것 같아서 선생님을 따라가기로 했다. 바람을 쐬면 기분이 나아질 수도 있으니까.

전차가 도착하자, 선생님이 내 몫의 전차 삯까지 내주었다. 그러고는 한사코 괜찮다고 해도 억지로 나를 좌석에 앉혔다. 노면 전차가 덜컹거리며 움직이자 익숙하지 않은 풍경이 스쳐 갔다. 늘 걸어 다니던 곳인데도 다르게 보였다. 열린 차창 사이로 선선한 가을바람이 들어와 머리칼을 어루만지니 기분이 조금 나아졌다.

"윤 형이 어제 들려준 시의 끝부분 말인데 '딴은 밤을 새워 우는 벌레는 부끄러운 이름을 슬퍼하는 까닭입니다'로 끝내 버리면 어쩐지 끝이 좀 허한 느낌이 들지 않나요?"

"정 형의 생각은 그렇군요. 그럼, 뒷 부분에 이렇게 덧붙이면 어떨까요?"

대화 내용이 꽤 진지해서 도저히 끼어들 구석이 보이지 않았다. 두 사람은 선생님이 아버지를 통해 발간하려는 시집에 대해 의논하고 있었다. 나도 내 시를 같이 의논할 사람이 있다면 좋을 텐데.

아쉬움도 잠시, 노면 전차에서 내린 우리 세 사람은 종로에 있는 카페로 들어갔다. 카페는 왜 이름이 카페일지 궁금해하던 찰나, 카페에서 주로 파는 음료가 커피여서란 걸 알았다. 주로 조선에 온 외국인들이 많이 열었었다는데 지금은 조선인들이 운영하는 카페가 늘어나는 추세고, 이곳도 예전에 누가 살던 종갓집을 개조해 만든 곳이라고 했다.

카페는 지식인이나 예술가 들이 모여 토론하고 교류하는 장소지만 밤에는 술도 팔고 연극이나 댄스 공연도 하는 곳이었다. 예

전에 소명이에게 백화점에는 세련되게 차려입은 모던 보이, 모던 걸들이 많다고 들었는데, 지금은 그 사람들이 모두 이 카페에 와 있는 것 같아서 뭔가 위축되는 느낌마저 들었다.

촌티 내지 않으려고 두 선생님의 대화를 알아듣는 척 고개만 끄덕이는 사이, 종업원이 더운 김이 나는 커피 석 잔을 우리가 앉은 자리로 들고 왔다. 탄내가 나는 검은 물이 쓰디쓴 한약 같았다. 그런데도 둘은 테이블에 잔이 놓이자, 거리낌없이 입술로 가져갔다.

커피를 처음 마셔 보는 건 아니지만, 아버지가 마시는 커피에 입을 조금 대본 정도여서 맛이 정확히 기억나지 않았다. 익모초만큼 쓴맛이었다는 정도? 두 사람은 여전히 선생님의 시집에 관한 대화에 열중하고 있어서 나는 방해하지 않으려고 냉큼 잔에 든 검은 물을 들이켰다. 으윽. 생각보다 훨씬 쓴맛이 입안에 감돌며 혀가 저릴 정도였다.

"아이구, 저런. 설탕을 넣으라는 걸 깜빡했네."

커피의 쓴맛에 정신 못 차리고 캑캑대는 나를 본 두 사람은 괜찮냐고 물으면서도 웃음을 참느라 애쓰는 게 보였다. 창피했다. 두 사람의 대화를 방해한 것도 모자라 촌티를 팍팍 냈으니 말이다. 모던 걸도 아무나 하는 게 아니구나. 뉴우요오크 사람들은 커피를 물 마시듯 마신다는데 나는 아직 뉴우요오크에 가기엔 많이 부족한가 보다.

"엥? 을순이 아니냐?"

"아버지!"

정신 못 차리던 내 맞은편으로 아버지가 앉았다. 선생님에게 대충 자초지종을 들은 아버지는 커피는 내가 마시기엔 아직 이른 것 같으니, 집에 가서 도라지 차나 마시라고 했다.

"근데 네가 종로에는 어쩐 일이냐? 다들 보자 보자 하니, 내 딸을 데려다 앉혀 놓으면 더 좋게 협상할 수 있을 거 같아 일부러 이러는 게요?"

"아닙니다. 오다가 우연히 만났을 뿐입니다."

선생님이 손사래 치며 말했다.

"뭐, 그건 그렇고. 내가 급히 만나자고 한 이유는 다름이 아니라…."

콧수염을 만지작거리는 아버지의 모습에서 나는 아버지가 뭔가 곤란한 상황에 처했다는 것을 눈치챘다.

"스즈키라고 총독부에 아는 사람이 있는데, 물어보니까 인쇄물에 대한 심의가 더 엄격해졌다고 하더군. 이전과 같은 꼼수가 통하지 않을 것 같으니 아무래도 내용을 대대적으로 수정해야 할 것 같소."

"구체적으로 어떤 부분인가요?"

"조선말로 된 부분 전부."

아버지의 말에 두 사람의 안색이 굳어졌다. 선생님의 짧은 한

숨이 끝나기도 전에 정 선생님이 먼저 입을 열었다.

"원고 전체가 조선말인데, 그건 무리입니다, 어르신."

"그리 나올 줄 알았지. 잘 들으시오. 앞으로 예외 없이 모든 출판물에 대해 강화된 조건으로 사전 심의를 한다고 하오. 이유 여하를 막론하고 단 한 톨의 조선말도 용납하지 않겠다는 게지. 게다가 이러는 것도 이번 달까지라오. 스즈키 말로는 다음 달부터 총독부에서 우리 인쇄소에 대량으로 맡길 일이 있다고 하는데, 그러면 최소 반년은 그 일에만 매달려야 해서 개인적인 의뢰는 받지 않을 생각이오. 나야 상관없지만, 여기서 물러나지 않는다면 졸업 전에 시집을 찍는 건 불가능하다고 봐야지."

"그렇군요…."

"마음은 알겠지만 나도 사정이 있어서…. 아무튼 이 상태로 인쇄하기는 곤란한 상황이 되었으니 되도록 빨리 어떻게 할지를 정해 주시오."

선생님의 얼굴에는 실망한 표정이 역력했다. 지금껏 선생님의 웃는 얼굴만 봐 왔는데 처음 보는 그 얼굴에 나까지 힘이 빠지는 듯했다. 이를 눈치챈 정 선생님이 아버지와 잘 이야기해 보겠다고 했지만, 내가 알기로 아버지가 저렇게 나온다는 것은 이미 해볼 만큼 해봤다는 뜻이다. 총독부 스즈키 주임관의 말이라면 죽는 시늉까지 하면서도, 어르고 구워삶아서 창씨개명을 최대한 늦추고 있으니까.

"잠시 밖에 나갔다 오겠습니다. 두 분께서는 계속 말씀 나누시지요."

선생님이 자리에서 일어서자 바깥쪽에 앉아 있던 나도 자리를 비켜 주기 위해 일어서야만 했다. 하지만 나는 다시 앉지 않고 그 길로 선생님을 따라나섰다. 왠지 모르지만 아까 선생님이 그랬던 것처럼 나도 선생님을 위로해 주고 싶었다.

은행잎으로 노랗게 물든 종로 거리는 곧 있을 겨울을 맞이하기 전 마지막 축제라도 하는 양 화려한 황금빛을 뽐내고 있었다. 하지만 선생님은 거리가 보이는 카페 앞이 아니라 그늘진 건물 뒤의 우물가를 서성이고 있었다.

"굳이 조선말로 찍을 필요 있나요? 말은 시를 담는 그릇에 불과하다고 말한 건 선생님이셨잖아요."

나의 말에 선생님이 엷은 미소를 보였다. 그 미소는 마치 세찬 바람에 힘없이 떨어져 나뒹구는 은행잎처럼 보였다.

"순이 학생 말이 맞아요. 그래도 어쩔 수 없는 것이, 뭐랄까…. 왠지 이번 기회가 아니면 평생 조선말로 된 시집을 가질 수 없을 것 같아서요."

선생님의 말에 나는 아무 대답도 할 수 없었다. 카페 건물 뒤편에 붙은 총독부의 공고문이 보였다. '창씨개명으로 내선일체 이룩하자.' 필시 아버지의 인쇄소에서 찍은 것이었다. 총독부는 조선 사람들의 이름을 일본 이름으로 바꾸고 언어를 일본말로 바꾸려고 안간힘을 쓰고 있었다. 그 안간힘은 점차 권유에서 압박, 압박에서 폭력으로 바뀌는 중이었다.

고개 숙인 선생님과 그 옆에 붙은 공고문을 보며 나는 궁금증이 생겼다. 이대로 내지인이 되면 우리는 행복할까? 유학도 가고 자유로이 여행도 가고 말도 연구하고 시도 쓰고 뉴우요오크로 가는 배도 탈 수 있을까? 그 모든 소원이 이루어졌을 때 우리는 기쁨과 행복을 어떤 말로 표현하고 있을까? 이름은 말의 시작, 시는 말의 끝. 말의 시작과 끝이 이질적인 것으로 바뀌면 그 중간에 서 있는, 하루에도 몇 번씩이나 변하는 우리의 바쁜 감정들을 딱 들어맞게 표현할 수 있을까? '기쁘다', '즐겁다'의 자리에 '우레시이', '타노시이'라는 말이 들어온다면? 엄두가 나지 않는다. 머지 않은 미래가 실감 나지 않는다.

"선생이란 사람이 말과 행동이 다르다니 우습지요? 지금처럼 계속 시를 쓰면 될 일인데, 고작 조선말로 시를 쓸 수 없다는 사실에 이토록 방황하고 있다니요."

"선생님은 시를 쓰시면서 조선말을 늘 아끼고 사랑하셨잖아요. 그러니까 더 미련이 남는 거라고 생각해요."

"순이 학생에게 조선말은 어떤 의미인가요?"

"글쎄요. 정확하게는 모르겠어요. 그렇지만, 저는 말에 시작과 끝이 있다고는 생각해요. 말의 시작은 누군가가 나를 처음 부르는, 나라는 단 하나의 뜻을 지닌 '이름'인 것 같고, 그 끝은 내가 누군가를 나중에 부르는, 같은 단어라도 여러 뜻을 지니는 '시'라고 생각해요. 그래서 조선말은 제 말의 시작과 끝을 함께하고 있는 것 같아요."

"아아, 그거 좋은 의미네요. 순이 학생은 조선말을 매우 사랑하나 봅니다."

"음… 모르겠습니다. 솔직히 그렇게까지 조선말을 사랑하는지는 잘 모르겠어요. 저는 제 어머니의 얼굴도 모르고 품에 안겨 본 기억도 없어요. 대신 산이며 들이며 꽃들이 저를 안아 주었지요. 그래서 저는 진달래, 물망초, 반딧불처럼 사랑한다고 생각하는 것들에 조선말로 이름을 붙이고 불러 주었어요. 단지 그것뿐이에요. 이제는 그 이름들, 말의 시작을 잃게 되는 걸까요?"

"실체가 없어지지는 않겠지만 이를 표현할 방법이 없으니, 우리의 생각과 감정 여기저기에 구멍이 숭숭 뚫리겠지요. 그 구멍을 남의 말로 채우느냐 그대로 두느냐 선택의 순간이 머지않아 올 겁니다."

"저도 그래야만 하죠?"

선생님은 대답 대신 고개를 끄덕였다. 하지만 나는 그것이 공고문에 쓰여 있는 것처럼, 선택할 수 있는 것이 아니라, 강요가 될 것임을 직감적으로 알 수 있었다. 시간이 많지 않아 보였다. 아버지의 한숨이 나날이 늘어 가고 있으니까.

"나도 그래요."

선생님은 부끄러운 듯 고개를 숙이고 아주 오랫동안 우물을
바라보고 서 있었다.

자
화
상

    산모퉁이를 돌아 논가 외딴 우물을 홀로 찾아가선
가만히 들여다봅니다.

    우물 속에는 달이 밝고 구름이 흐르고 하늘이 펼치
고 파아란 바람이 불고 가을이 있습니다.

    그리고 한 사나이가 있습니다.
어쩐지 그 사나이가 미워져 돌아갑니다.

    돌아가다 생각하니 그 사나이가 가엾어집니다.
도로 가 들여다보니 사나이는 그대로 있습니다.

    다시 그 사나이가 미워져 돌아갑니다.
돌아가다 생각하니 그 사나이가 그리워집니다.

    우물 속에는 달이 밝고 구름이 흐르고 하늘이 펼치
고 파아란 바람이 불고 가을이 있고 추억처럼 사나이
가 있습니다.

시에 마음을 숨기기

  화려한 색을 잃은 잎사귀가 갈색으로 야위고 말라비틀어져 낙엽으로 굴러다닐 즈음 우리의 시 공부도 깊어졌다. 선생님은 다니는 전문학교 도서관에서 에도 시대 하이쿠를 모아 놓은 책을 구해다 주기도 하고, 도서관 사서로 일하신다는 선생님의 스승인 최현배 교수님의 도움을 받아 우리의 전통 향가를 하이쿠와 비교해 설명해 주기도 했다. 어찌 보면 나는 소명이보다 더 고급 정보를 가지고 공부하는 셈이었다.

  "이쯤에서 시집을 내는 걸 포기할까도 생각하고 있습니다."

  "그래도 괜찮으세요?"

  선생님이 수업 도중 한 말에 나는 걱정되어 되물었지만, 오히려 선생님은 아무렇지 않은 모습이었다.

  "시에는 결국 한 사람의 정서를 담아야 하는데 일본말에 나의 정서를 담기는 어려울 것 같아요. 부끄럽지 않기로 했어요. 타협하면 왠지 부끄러운 사람이 될 것 같으니까. 말은 그저 시의 그릇일 뿐이라고 해놓고, 순이 학생에게 가르친 것과 반대로 행동하고 말았네요. 죄송합니다.”

“죄송할 것까지야. 저는 선생님 덕분에 시를 체계적으로 공부하고 있고, 백일장 준비도 잘하고 있는걸요. 그런데 선생님, 시집 내는 걸 포기하기로 하셨으니, 저희 과외는 끝나는 걸까요…?”

“그건 아니에요. 어르신께 빠르면 백일장, 늦으면 올해 말까지 순이 학생을 가르치고 싶다고 말씀드렸습니다.”

선생님의 대답에 나는 안심이 되었다. 마지막까지 최선을 다할 수 있겠다는 생각이 들어서였다.

학교 변소에 불경한 낙서를 한 범인은 아직 잡히지 않았다. 나를 포함해 다구치 선생님에게 범인으로 찍힌 불령선인 학생들은 방과 후 변소 청소를 하는 게 일상이 되었다. 사환이 우리에게 조잡한 청소 도구 몇 개를 아무 말 없이 툭 던져 주고 갈 때마다 어떻게 이런 걸로 청소하냐며 불만을 터뜨렸지만 그렇다고 청소 도구를 바꿔 줄 것 같지는 않았다. 하는 수 없이 변소를 청소하고 나서 최대한 깨끗이 손을 씻는 수밖에 없었다.

“조소명이는 내일부터 안 나온단다.”

김명자가 불만 가득한 얼굴로 말했다. 청소 시간만 되면 조소명이 하도 안 보이길래 찾으러 교실에 갔다가 다구치 선생님에게 들었다고 했다. 김명자는 다구치 선생님처럼 콧수염을 만지작거리는 시늉을 하더니 조소명이 변소 청소를 면제받은 이유를 설명했다.

"에~또. 시라카와 군은 부당한 억측에도 불구하고 평소 타의 모범이 되는 행동을 주변에 보이며 몸과 마음이 모두 고결한 황국 신민임을 증명하였으므로 오늘부터 처벌 대상에서 제외하는 바이다."

"정말이야? 참 내… 어이가 없어서."

"아니, 자기만 이렇게 쏙 빠진다고?"

청소를 하는 아이들이 모두 어이없어하는 동안, 누군가 한마디를 더 얹었다.

"이거 실은 조소명이가 우리 골탕 먹이려고 짜놓은 수작 아니야? 매번 우리가 뒤에서 자기 씹는 거 아니까."

"에이, 그럴 리가. 걔가 허풍은 좀 심해도 그렇게 나쁜 애는 아니야."

"뭐야? 을순이 너. 시 좀 쓴다고 이제 와서 걔 편들어?"

"무슨 말이야! 내가 당한 게 얼만데 왜 조소명을 편드냐!"

말도 안 되는 소리다. 내가 그 재수 없는 아이를 왜 편드나? 하지만 나의 적극적인 해명에도 불구하고 다른 몇몇은 내가 조소명과 한패냐며 의심하는 눈초리를 보였다. 그래서 나는 이전에 벌어진 일까지 꺼내어 아이들에게 한참을 설명해야만 했다. 내가 조선말과 조선 이름을 썼다고 조소명이 다구치 선생님에게 일러 바쳐서 심하게 매질당한 일 말이다.

"맞아. 만약에 그랬다면 을순이도 이번에 같이 면책받았겠지. 게다가 선생님은 우리 중에 변소에 낙서한 범인이 있다고 확신하는 눈치였어. 이쯤에서 우리 중 하나가 자수하는 게 어떠냐고 하시던걸? 그럼 소명이처럼 모두의 처벌을 면해 주겠다고."

"완전 답을 정해 놓으셨네."

하지만 다구치 선생님의 바람은 이루어질 것 같지 않았다. 아무리 봐도 우리 중에 범인은 없어 보였기 때문이다.

청소를 마친 아이들은 수돗가에서 손을 씻고는 삼삼오오 모여 집으로 돌아갔다. 청소를 끝내면 한 사람이 남아서 교무실에 있는 다구치 선생님에게 청소 완료를 보고해야 하는데, 오늘은 내가 보고하는 차례였다. 한데 교무실에 들어서자 선생님들은 이미 퇴근한 뒤였고 사환만 홀로 남아 바닥을 청소하고 있었다.

"다구치 선생님 어디 가셨는지 알아?"

나는 사환에게 물었지만, 사환은 대꾸도 하지 않고 제 할 일만 하고 있었다. 답답해진 내가 다시 사환에게 소리치듯 물었는데도 아무런 답도 받을 수 없었다. 하는 수 없이 나는 다구치 선생님 자리에서 기다리기로 했다. 5분, 10분, 30분이 훌쩍 흘렀는데 아무도 들어오지 않자 슬슬 초조해지기 시작했다.

"기다려 봤자다. 오늘 회식 있다고 일찍들 나가셨어."

사환이 쓰레기통을 비우며 말했다. 그런 일이 있으면 진작 이야기해 줄 것이지. 그런데 그렇다고 바로 집에 갈 수도 없었다. 청소를 마친 뒤에는 반드시 검사를 받아야 했기 때문이다.

"걱정 마라. 내가 대신 하면 되니까."

나는 안도의 한숨을 내쉬었다. 중요한 내용을 느릿느릿 말하는 사환의 태도가 마음에 들지 않았지만 따져 봐야 의미 없다는 걸 알아서 그냥 넘어가기로 했다. 대신 사환이 교무실 청소를 끝내기가 무섭게 냉큼 손목을 붙들고 변소로 향했다.

"놔라. 뭐가 그리 급한데?"

"일없고, 너 일 다 할 때까지 기다렸으니 내 일도 봐줘야지. 나도 바빠서 이러는 거야. 다들 나만 한가한 줄 안다니까."

내 대답에 사환은 별말 하지 않았다. 그러고는 변소를 대충 둘러보더니 그만 집에 가도 좋다고 말했다.

"뭐야? 그럼 처음부터 네가 이리로 와서 오늘은 검사 없으니 그냥 가라고 해도 됐잖아."

"그런가? 미안. 내가 너무 멍청했다."

사환이 멋쩍게 웃으며 사과하는 바람에 나도 그쯤에서 끝을 냈다. 이제는 사환과의 사이가 조금 편해진 듯하다. 사환은 종종 내게 변소에 비치된 갱지를 뜯어 조선말로 된 시를 써달라고 했고 나도 사환의 뜻대로 했다. 그러다 보니 아주 친하지는 않아도

서로 무시할 사이는 아니었다. 적어도 변소 청소가 완전히 끝날 때까진 얼굴을 봐야 하는 사이이기도 했다.

오묘한 관계가 계속되면서 나는 사환에 대해 더 많은 것들을 알게 되었다. 사환은 나보다 두어 살 많고 동대문 근처에서 할머니와 단둘이 살고 있다. 시나 소설을 읽는 것을 좋아하는데 넉넉지 않은 형편이다 보니 학교에 제때 다니지 못해서 글을 배우지 못했다고 한다. 내가 볼 때 글을 배우지 못했다는 것은 어디까지나 일본말 한정이지 조선말은 나보다 잘하는 것 같았다. 특히 욕설은 더더욱.

"저번에 적어 준 시는 아주 좋았다. 하이쿠 말고 그냥 시도 잘 쓰네?"

"그래? 별거 아니었는데."

사환의 뜬금없는 칭찬에 쑥스러웠지만 기분은 좋았다. 교무실로 돌아가는 사이 우리는 선생님과 정 선생님처럼 내가 쓴 시에 대해 이야기했다. 전체적으로 표현이 다채로워서 좋다거나 박자가 있어서 노래를 부르는 것 같다는 칭찬에 이어, 마지막 부분은 이렇게 해석했다며 자기 생각도 덧붙였다. 내가 그 부분의 의도는 그런 게 아니라고 하자 사환은 내 말을 바로 수긍했다.

"아니야. 시는 여러 갈래로 해석될 수 있어. 네가 시에 나오는 배꽃이 떠난 이를 상징하는 것이 아니라 잃어버린 나라를 상징하는 게 아니냐고 말해도 뜻이 통할 수 있어."

“그렇지만 그건 네가 의도한 게 아니잖아. 난 너의 뜻을 따르기로 했어.”

“굳이 그럴 필요 없대도.”

“네가 이 시를 쓴 사람이잖아. 그리고 나는 네 팬이니 너의 해석을 따라도 상관없지.”

팬? 팬이란 말에 갑자기 얼떨떨해졌다. 내게 팬이 생겼다고? 선생님은 이상이나 백석처럼 문단에서 주목받는 뛰어난 시인들은 시인 자체를 좋아하는 팬층이 있다고 했다. 하지만 선생님 본인은 아직 그 정도는 아니고 앞으로도 그리 될 일은 절대 없을 거라며 웃으셨다. 뛰어난 시인인 선생님도 이런데 하물며 내게 팬이 있을 리가 없지. 그래도 선생님 말고 내 시가 좋다고 말해 준 사람은 처음이었다. 나도 선생님처럼 팬이 생기기엔 아직 실력이 부족하다고 말하려 했지만, 사환은 이미 돌아간 후였다. 살다 보니 별일도 다 있네. 그래도 내 작품을 좋아하는 팬이니 다음부터는 좀 더 잘해 줘야겠다. 시장에서 호박엿이나 눈깔사탕이라도 사다 주면서.

나는 수돗가에서 손을 박박 씻고는 후문으로 향했다. 오늘은 아버지가 일찍 퇴근한다고 해서 찬거리를 사러 시장에 들러야 했다. 그래서 정문 대신 시장이 가까운 후문 쪽으로 걷기 시작했다. 하지만 가는 동안에도 생각은 끊이지 않았다.

나 같은 사람이 쓴 시도 누군가 읽고 좋다고 한다니. 이렇게 된 이상, 기대를 저버리지 않도록 앞으로 더 좋은 시를 써야 한다. 그런데 걱정이 앞섰다. 앞으로는 일본말로만 시를 써야 하기 때문이다. 그렇게 변한 내 시도 좋아해 줄까? 선생님 같은 사람도 일본말로는 제대로 시를 쓸 수 없을 것 같다고 말하는데 나처럼 어설픈 초보 시인이 이를 감당해 낼 수나 있을까?

생각에 잠겨 걷는 사이 낯익은 얼굴이 스쳐 갔다. 후문 옆 은행나무 밑에 조소명이 서 있었다. 집에 안 가고 이 시간까지 웬일이지? 소명이는 낯선 남자와 대화를 나누고 있었다.

"한눈에 봐도 비싸 보이던데 돈이 어디서 나서 샀어?"

"그냥 아는 사장님에게 부탁해서 싸게 샀어. 신경 쓰지 마. 네 아버지가 그 정도 돈은 있어."

"어떻게 신경이 안 쓰여? 백화점 벨보이가 무슨 돈이 있다고. 우리 형편에 고급 다기 세트를 살 돈이 어딨다고 그래."

그제야 나는 조소명이 변소 청소에서 제외된 이유를 알 수 있었다. 그것은 조소명이 타의 모범이 될 완벽한 황국 신민이어서가 아니라 조소명의 아버지가 준비한 뇌물 덕분이었다. 조소명이 변소 청소를 면제받은 이유가 생각보다 단순해서 저절로 실소가 나왔지만 훔쳐보고 있는 걸 들켰다간 큰일 날 것 같아서 숨죽이고 나무 뒤에 숨어 있었다.

하늘 위로 비행기가 날았다. 프로펠러 엔진이 내는 소리에 귀청이 떨어질 것 같아 나도 모르게 귀를 틀어막다가 오히려 지금

이야말로 들키지 않고 지나갈 기회라는 생각이 들었다. 비행기가 내 머리 위를 지나는 때에 맞춰 나는 조심스레 발걸음을 옮겼다.

"다 들었지?"

등 뒤에서 조소명의 목소리가 들려왔다. 등골이 오싹해질 정도로 깜짝 놀란 나는 비행기 소리 때문에 아무것도 못 들었다고 둘러대고는 앞만 보고 달리기 시작했다.

장을 보고 집에 돌아오니 집안이 떠들썩했다. 과외받는 날이 아닌데도 선생님이 집에 와 있었다. 정 선생님도 함께였다. 두 사람은 아버지와 함께 대청마루에 둘러앉아 커피 대신 도라지 차를 앞에 놓고 지난번에 카페에서 나누던 대화를 이어 가고 있었다.

"어르신, 조선말은 도저히 양보 못 하겠습니다!"

"어허, 이 친구도 참. 글쎄 안 된다니까 그러네."

아버지와 정 선생님 간에 한 치의 양보 없는 토론이 이어지는 가운데, 두 사람 사이에 앉은 선생님은 마치 심판처럼 가만히 눈을 감고 있었다. 입장이 팽팽해 도저히 결말이 날 것 같지 않자, 콧수염을 배배 꼬던 아버지는 자기 앞에 놓인 찻잔을 단숨에 들이켜고는 손바닥으로 찻상을 내리치며 말했다.

"그럴 거면 난 빠질 테니 둘이 알아서 해. 요 앞 시장에서 벽지 구해다가 인쇄하면 되겠네."

"그래도 좀 안 되겠습니까?"

"내가 지금 시가 안 좋아서 이러는 게 아니잖나. 시는 좋아. 좋은데… 조선말로는 출간할 수 없다고 몇 번을 말해야 알아듣나. 이래도 싫다 저래도 싫다 그러면 나도 할 수 있는 게 없어."

"그래도 지켜야 할 게 있는 겁니다."

"그려, 말 한번 잘했네. 그 지켜야 할 걸 못 지켜서 조상 대대로 멀쩡히 쓰던 말 갈아엎고 남의 말을 갖다 써야 하는 판국이 되었으니."

"아직 희망이 있습니다."

"희망은 개뿔. 주변 나라에서 군함을 끌고 와 대포를 펑펑 쏴 재끼는 와중에도 공자 왈 맹자 왈만 하던 나라에 무슨 얼어 죽을 놈의 희망? 당장 내일이면 '안녕하세요'가 아니라 아침에는 오하요, 점심에는 곤니치와, 저녁에는 곤방와, 인사도 달리해야 하는구면."

그러자 지금껏 두 사람의 말싸움을 중간에서 듣고만 있던 선생님이 살포시 눈을 뜨며 말했다.

"어르신, 어르신 말씀대로 우리 민족은 아직 실력이 없습니다. 하지만 저는 우리가 저력이 있는 민족이라고 생각합니다. 실력을 키우다 보면 머지않아 독립이 가능하다고 확신합니다. 그러니 말을 지키기 위해 조선말로 쓴 시집 한 권 정도는 남겨야 하지 않겠습니까?"

"그거야, 나도 알지. 아는데, 이대로 가면 빼도 박도 못하고 불온 문서로 찍힌다고…. 시를 쓴 사람까지 위험해져."

"하지만, 어르신…."

"자, 자! 이럴 게 아니고, 요 앞 대폿집에서 한잔하면서 마저 이야기하는 건 어떨까요?"

정 선생님의 제안에 아버지는 못 이기는 척 헛기침을 하고는 자리에서 일어나 중절모를 썼다. 술이라도 드셔야 할 모양이었다. 나도 멋모르고 세 사람을 따라나서려는데 선생님이 내게 찡긋 눈짓했다.

"어른들은 어른들끼리 계속 말씀 나누시라 하고 우리는 같이 시나 쓰러 갈래요?"

선생님은 내 보충 수업을 하러 간다고 말했고, 자연스레 우리는 무리에서 빠져나와 시를 쓰러 뒷산으로 향했다. 실은 대폿집에 가도 안주로 나온 음식을 집어먹기만 할 뿐 별로 재미는 없어서 먼저 이런 제안을 해준 선생님이 고마울 정도였다. 낮과 밤의 경계에 놓인 뒷산에서 집집마다 남폿불이 하나둘 켜지는 걸 보며 나는 자연스레 오늘 학교에서의 일들을 선생님에게 이야기했다.

"팬이 생겼다고요?"

"네. 제 시가 마음에 든다고 하더라고요."

"나보다 낫군요."

"선생님은 정 선생님이 있잖아요. 저도 그렇게 옆에서 제 작품을 읽어 주면서 깊은 대화를 나눌 사람이 있으면 좋겠어요."

“순이 학생이 시의 재미를 일깨워 주면 되죠. 그럼 자연스럽게 시를 좋아하게 될 거예요.”

“하긴 소명이도 그 다재다능한 아이가 주변에서 시를 잘 쓴다고 하니 지금은 시만 쓰고 있어요. 참, 소명이 이야기가 나와서 말인데 저는 진짜로 소명이가 황국 신민이 된 줄 알았다니까요. 다기 세트가 조금 값나가긴 해도 고작 물건 하나에 그리될 줄은.”

“그래서 순이 학생도 아버님께 선물을 부탁할 건가요?”

“아뇨. 저는 떳떳하니까 구차하게 굴고 싶지 않아요. 그래도 대체 언제까지 이렇게 참고 견뎌야만 하는지.”

그때 거대한 소리와 함께 비행기가 우리 머리 위로 날아갔다. 서쪽 하늘이 붉게 물들기 직전, 하늘에 비행운이 펼쳐져 장관을 이루었다. 선생님은 하늘을 물끄러미 바라보다가 입을 열고 천천히 시 구절을 읊조렸다.

비행기는

새처럼 나래를

펄럭거리지 못한다

그리고, 늘

소리를 지른다

“날아가는 비행기를 보고 그대로 시를 지으신 거군요.”

선생님은 고개를 저었다.

"혹시 비행기를 새에 빗대었나요?"

이번에도 선생님은 고개를 저었다.

"그럼 어떻게 쓰신 거예요?"

"시를 표현하는 마지막 방법은 '생각나는 대로 표현하는 법'이에요. 순이 학생의 말을 들으며 숨이 차는 것 같다는 느낌이 들었고, 마침 그때 머리 위로 시끄럽게 비행기가 날아가고 있었어요. 생각나는 대로 적었지만, 어찌 보면 마음의 소리를 그대로 옮기는 것이니 가장 강렬하게 표현할 수 있지요."

"아, 그렇구나."

"멀리서 전쟁이 났다고 하네요."

선생님이 쓸쓸한 목소리로 말했다. 엊그제 아버지의 인쇄소에서 찍은 신문을 보았다고 한다. 일본도 그 전쟁에 뛰어들었고 곧 조선의 청년들도 전쟁터로 끌려가 무의미한 죽음을 맞을 거란다. 고작 변소 청소에 툴툴거리던 내게 선생님이 말해 주는 세상은 현실을 부정하고 싶을 정도로 두려운 곳이었다. 이젠 정말로 내 지인이 되어야 하나? 그렇지만 나는 소명이만큼 열심히 할 자신이 없다. 마음에 귀를 기울이자, 어딘가에서 자꾸만 나를 붙잡는 이가 있다. 얼굴도 기억나지 않는 어머니일지도 모른다. 어머니는 나에게 첫말을 가르쳐 주고 갔으니까. 나의 이름. 나는 그 첫말을, 내가 마지막 말을 내뱉는 순간까지 지키고 싶지만 이젠 그러기가 두렵고 힘에 부친다. 숨이 차서 금방이라도 주저앉고 싶다. 저 비행기처럼 소리라도 내지르면서.

"이젠 지치네요."

"나도 마찬가지입니다. 그래도 언젠가 다가올 밝은 날을 위해 지금은 싫은 일을 감당해야겠지요."

선생님은 시집을 어떻게 할지 마음을 정한 것 같았다.

"순이 학생, 하나만 약속해 줄래요?"

"뭔데요, 선생님?"

"지난번에 순이 학생이 이름이 말의 시작이고, 시가 말의 끝이라고 했죠? 그 시작을 무슨 일이 있어도 지켜 줄래요?"

"네?"

"아니에요. 아무것도."

선생님은 특유의 엷은 미소를 지었다.

비행기

머리의 프로펠러가
연차간 풍차보다
더— 빨리 돈다.

땅에서 오를 때보다
하늘에 높이 떠서는
빠르지 못하다
숨결이 찬 모양이야.

비행기는—
새처럼 나래를
펄럭거리지 못한다
그리고, 늘—
소리를 지른다.
숨이 찬가 봐.

복습

"이 정도면 됐어."

변소 청소를 끝낸 나는 직접 사환을 데리고 와서 청소 검사를 하도록 했다. 오늘은 백일장 마감 하루 전날이라 늦어도 오후까지는 교무실에 원고를 제출해야 했기 때문이다. 평소처럼 느릿느릿한 사환을 기다려 줄 여유가 없었다.

"작품은 잘 완성한 거야?"

교무실로 돌아가며 사환이 물었다.

"어찌어찌했지."

"나도 읽어 보고 싶은데."

"제출하고 나서 들려줄게. 하도 고쳐 써서 이젠 외울 정도거든. 실은 나도 좋은 시라고 생각해."

"어쭈? 웬일로 자신감에 차 있냐?"

나는 내 시를 좋아해 주는 사람이 있어서, 라고 말하려다 그만 두었다. 사환은 내 시가 좋다고 하지만 그게 내 시가 훌륭하다는 뜻은 아니다. 어쩌면 사환 혼자만의 취향일 수도 있다.

"실은, 나도 시를 써볼까 해."

"정말? 잘해 봐. 내가 도와줄게."

"고맙지만 네가 도와준다고 해도 시를 잘 쓸 수 있을 것 같진 않아. 일본말로는 아무리 애를 써도 감정을 표현하기가 어색하더라고."

사환이 방긋 웃었다. 어딘가 익숙한 웃음. 놀랍게도 그 웃음은 선생님과 대화할 때 내가 짓는 웃음이었다. 듣고 보니 사환의 말이 맞는 것도 같다. 일본말로 쓰는 시는 정말로 내가 도와줄 수 없다. 선생님도 어려워하는 부분이니까. 교무실에 들어선 나는 책 보퉁이를 풀어서 원고를 꺼낸 다음 조심스럽게 다구치 선생님의 책상 위에 올려놓았다.

"이제 끝이다."

"축하해. 좋은 결과가 있기를 바라."

내가 결과는 어찌 되든 상관없다고 말하려던 때 갑자기 교무실의 미닫이문이 열렸다. 제복을 입은 두 사람이 보이자 평소와는 다른 공기가 느껴졌다. 선생님의 칼보다도 더 긴 칼을 찬 순사는 다구치 선생님의 안내로 우리를 향해 성큼성큼 걸어왔다. 갑작스러운 장면에 놀라 내가 뒷걸음치자 순사는 내 옆에 있던 사환의 팔을 거세게 붙잡았다.

"왜 이러세요?"

"바른대로 말해!"

다구치 선생님이 순사를 대신해서 말했다. 그 말은 마치 칼을 빼어 눈앞에 들이댄 것처럼 나를 잔뜩 움츠리게 했다.

"무얼 말씀하시는 건데요?"

"몰라서 물어? 변소에 낙서를 한 범인! 엊그제 네가 연필을 들고 변소에 들어가는 거 다 봤어."

"그건… 변소에 있는 갱지에다 시를 연습하려고….'

"요 악독한 것이! 이젠 거짓말까지 해?"

"그 말이 맞아요. 계속 저하고 같이 있었어요."

내가 사환을 변호하려고 입을 열자 다구치 선생님이 갑자기 부드러운 눈빛으로 나를 쳐다보았다.

"기요하라 군. 네가 왜 이런 후테이센진을 변호하는지 이해가 가지 않는군. 아마 자네의 유약하고 감수성이 풍부한 마음 때문이겠지?"

"그렇지 않아요. 지금 말한 대로 저하고 시 연습을….'

"네, 제가 그랬어요."

갑자기 사환이 입을 열었다. 무슨 말이야? 아니야, 그렇지 않아. 이건 거짓말이잖아.

"그래. 내 말이 맞지?"

"그렇지 않아요!"

다구치 선생님의 입꼬리가 귀밑까지 올라가자 나는 사환 대신 고개를 저었다.

"네, 제가 변소에 낙서했어요."

내가 줄곧 아니라고 외쳐도 사환은 고개를 저었다. 그러더니 나를 향해 찡긋 웃음 짓고는 순사가 이끄는 대로 순순히 끌려갔다. 작별 인사도 제대로 하지 못한 채로. 어째서지. 어째서 저런 짓을 한 거지. 저 아이는 범인이 아닌데.

순사가 사환을 끌고 나간 뒤에도 나는 우물쭈물하며 다구치 선생님 앞에 서 있었다. 아무리 목에 힘을 주어 저 아이가 범인이 아니라고 해도 다구치 선생님은 전혀 들으려 하지 않았다.

"아무리 급료가 석 달이나 밀려도 그렇지, 그런 상스러운 말을 내뱉을 줄이야. 죽지 않을 만큼만 패서 돌려보내라고 했으니 알아서 하겠지. 저것이 내 앞에선 아무렇지 않게 행동하면서 그렇게 마음이 시커멨을 줄은…. 하여간 못 배운 것들은 잘해 줄 필요가 없다니까."

"혹시 얼마나 잡혀 있는 건가요?"

"며칠 후면 풀려나겠지만 이제 학교에서 볼 일은 없을 거야. 뭐 자네가 원한다면 순사에게 이야기해서 더 늘릴 수도 있지만…."

"아뇨, 아뇨. 그걸로 충분해요."

"대신 변소 청소까지 해야 했는데도 이렇게 행동하다니 마음이

넓군. 하지만 그런 너그러움은 나약함이 될 수 있어. 제국의 황군들이 미국이라는 거대한 적을 맞닥뜨린 상황에 우리는 나약함을 경계해야만 해."

"그건 아니지만…."

"그럼, 내가 아직도 자넬 의심한다고 생각해서 그러나? 자네하고 시라카와 군은 저런 후테이센진들하고는 완전히 다른 족속이라는 걸 내가 보장하니까 쓸데없는 걱정 말고 앞으로 어떤 작품을 쓸지나 고민하라고."

마침 책상 위에 올려진 원고가 눈에 들어왔는지 다구치 선생님은 원고를 펼쳐 보았다. 다구치 선생님이 원고를 읽는 사이 나는 고개를 푹 숙이고만 있었다. 사환이 그런 짓을 했을 리가 없다는 말이 자꾸만 목구멍에 걸리는 바람에 제대로 말할 수 없었다. 백일장에 제출한 내 하이쿠를 읽은 다구치 선생님의 칭찬도 귀에 들어오지 않았다.

나는 비겁한 겁쟁이였다. 여기서 더 말했다가는 나도 한패로 몰릴 수 있겠다는 생각이, 이제는 이유 없이 의심받거나 매질당하지 않을 수 있겠다는 생각이, 소명이처럼 뇌물을 바치지 않았는데도 다구치 선생님의 마음에 들었다는 생각이 나를 움츠러들게 했다. 무엇보다 이대로 침묵한다면 시를 계속 쓸 수 있으니까.

하지만 두려움에 푹 파묻힌 나의 마음은 후회와 원망으로 가득 차 있었다. 끝까지 사환을 변호했어야 하는데…. 이런 마음가

짐으로 쓴 시가 제대로 된 시라고 말할 수 있을까. 점점 내가 쓰려는 시와 반대로 행동하고 있잖아…. 아니야. 사환하고는 하루에 고작 몇 마디 나눈 게 전부였어. 단지 내 시가 좋다고 말한 것 빼고는 그리 친하지도 않잖아. 하지만 그렇다고 하기에 그 아이는 너무 깊이 들어와 있는 건 아닐까. 내가 좋아하는 시라는 세계에.

마음이 세차게 갈등하는 동안에도 나는 앞으로 걸을 수밖에 없었다. 원고를 다 써서 해방감이 들 법도 한데, 시큼털털하기만 했다. 솔직히 말해 도저히 뒤돌아 갈 용기가 나지 않았다. 아무도 사환을 변호하지 않는 상황에서 이대로 끝나는 것은 옳지 않지만, 오금이 저려 엄두가 나지 않았다. 마음이 편치가 않다. 이대로 집으로 갈까? 뒤돌아 교무실로 갈까? 이러지도 저러지도 못하는 사이 집에는 가기 싫다는 생각이 뚜렷해졌다. 그리고 그렇게 방황하는 내 앞에는 이 상황에서 전혀 만나고 싶지 않은 사람이 서 있었다.

"방금 변소에 낙서한 범인 붙잡혔다며? 잘됐네. 근데 왜 그리 죽을상을 하고 있니?"

"비켜 줄래? 지금은 너하고 말할 기분 아니야."

"언제는 말할 기분이었다는 듯이 이야기하네."

"변소에는 얼씬도 안 했으면서. 너하고 상관없잖아! 용건 없으면 길 막지 말고 네 길이나 가."

"말 한번 이쁘게 한다. 어차피 나도 그럴 생각이었거든? 가다가 보이길래 알은척해 줬더니만."

소명이는 새초롬한 얼굴을 하고 고고한 학처럼 내 앞으로 걸어갔다. 그대로 두면 하늘로 날아갈 것만 같이. 나는 그런 소명이를 보고 입을 열었다.

"고아키. 아니 소명아."

내가 소명이의 이름을 부르자 도서관으로 들어가려던 소명이는 놀란 듯 뒤를 돌아보았다. 매번 야, 너, 쟤와 같은 말로만 불리다가 처음 제 이름으로 불리는 걸 들었기 때문일 것이다.

"왜? 사람을 불렀으면 말을 해야지."

"그게… 평소에 알던 사람이 있어. 잘 아는 사이는 아니고 그냥 가끔 만나는 정도. 얼마 전에 만났어. 내 시를 좋아한대. 근데 그 사람이 일을 저질러서 순사에게 잡혀갔어. 그 사람을 위해 뭐라도 해주고 싶은데 아무것도 못 하고 있어."

그러자 소명이는 낯빛 하나 변하지 않고 대답했다.

"그래? 뭐 사정은 딱하지만 어쩔 수 없네. 순사에게 잡혀갈 정도면 분명 좋은 일은 아닐 테고."

"자기가 그랬다고 자백까지 했어. 그런 일을 할 사람처럼 보이진 않았는데 다른 이유 때문에 자기가 범인이라고 말한 거 아닐까?"

"그 사람이 그랬다는 증거도 없지만 그러지 않았다는 증거도 없잖아. 이런 상태에서 네가 뭘 할 수 있을 것 같아? 뭐, 변호사라도 고용해 주게?"

"할 수만 있다면."

"얘 봐라. 변호사 비용이 얼만 줄 아니? 게다가 조선 사람은 부르는 게 값이야. 네가 말하는 걸 보니 그 사람이 어떤 일을 저질렀는지도 파악이 안 되는 거 같네. 그런 상태에서 네가 할 수 있는 일이 뭐가 있을 것 같아? 가만 보면 넌 그게 문제야. 착하게만 굴려고 한다고. 어쩔 수 없을 때는 포기하는 법도 배워야지."

"어쩔 수 없을 때는 포기하라고?"

"그래. 고민할 시간에 지금 할 수 있는 일을 찾아. 다 짊어지고 갈 순 없잖아."

"나는…."

하지만 듣고 보니 소명이의 말이 옳았다. 나는 눈을 감고 생각해 보았다. 그 말대로 당장은 사환을 위해 할 수 있는 일이 없었다. 혹시나 할 일이 남아 있지 않을까 생각해도 마찬가지였다. 아쉽지만 소명이의 말대로 해야 하나? 마음은 괴롭지만 어쩔 수 없다. 이대로 돌아가서 우기면 나도 순사에게 끌려갈지 모른다. 아버지, 선생님에게 걱정을 끼치고 싶지는 않다. 본인이 저질렀다고 인정해 버린 상태에서 그러지 않았다는 증거를 찾기도 쉽지 않고.

"그럼, 다 포기하기 싫으면 하나 정도는 남겨 두는 것도 괜찮지? 절대 포기할 수 없는 것 하나 정도는."

"네 마음대로 해. 그런 것까지 내가 알려 줘야 해?"

만약에 제대로 배웠다면 나와 함께 조선말로 시를 쓰고 있을, 어쩌면 친구가 되었을지 모를 사람을 잠시 잊어야 한다. 지금의 상황을 인정하되 잊지는 말자. 무탈히 풀려나길 바라며 기도하자. 나의 부끄러움을, 비겁함을 인정하자.

소명이는 나의 걱정을 마치 족집게처럼 콕 집어서 치료해 주었다. 물론 치료라기보단 응급 처치에 가까워서 다 아물지는 않았지만 다시 나아갈 힘을 마련해 주었다. 안타깝지만 지금은 소명이의 말이 맞다. 당장 어찌할 수 없는 일이 아니라 내가 지금 할 수 있는 일에 집중해야 한다. 확신이 들지 않아 방황하고 있던 참에 소명이를 만나 다행이었다. 혼란스럽고 숨어들고만 싶던 마음이 다시 제자리를 찾은 것은 오롯이 소명이 덕분이었다.

이대로 아무 일도 없었다는 듯 살진 않겠지만 사환이 꼭 돌아올 거라는 희망을 품고 지낼 생각이다. 나의 유일한 팬을 다시 만날 그날을 위해 변소에서 갱지를 뜯어 시를 잔뜩 써놓아야지. 감상을 말해 달라고, 마음이 움직였다면 같이 시를 써보지 않겠냐고 말해야지. 그때까지 나는 비겁함과 희망을 동시에 품고 살아갈 것이다.

"볼일 끝났지? 그럼 너도 이제 가."

하여간 자존심만 세가지고는. 소명이는 자기 아버지하고 있었던 일을 내가 교실에 소문내지 않아서 고맙다고 말하고 싶은 것 같았다. 내가 그런 것도 눈치 못 챌까 봐 은근히 티를 내고 있었다. 물론 많이 고마워하는 건 아니고 그냥 살짝 말을 걸어 주는 정도이긴 했지만. 만일 내가 소문을 냈다면 소명이의 저 높은 콧대가 확 꺾여 버렸을 텐데, 남의 약점을 잡는 치사한 짓은 하고 싶지 않았다.

소명이는 학교 도서관으로 향했고 나는 그런 소명이를 따라갔다. 오늘은 집에 아무도 없는 날이다. 과외도 없고, 아버지는 저녁 약속으로 밖에서 따로 식사하고 오신다고 했다. 그러니 일찍 가 봐야 할 일도 없다. 그런데 도서관 안으로 들어가던 소명이가 고개를 돌리더니 눈을 흘겼다.

"왜 따라오니?"

"너 따라가는 것 아니야. 책 좀 읽으려고."

거짓말이 아니다. 기왕 도서관에 온 거 하이쿠와 관련된 책을 읽어 보고 싶었다. 이를테면 시험을 보고 답안지를 맞춰 보는 느낌이랄까. 마쓰오 바쇼의 하이쿠 선집을 읽고 내가 얼마나 부족했나 깨달은 다음, 백일장 같은 데는 앞으로 얼씬도 하지 않을 생각이다.

소명이는 한숨을 쉬더니 이제는 내게 흥미가 떨어졌다는 듯 열람실로 가서 조용히 의자를 잡아당겼다. 그러자 문득 소명이가 뭘 하는지 궁금해졌다. 생각해 보니 백일장 마감이 내일이다. 즉, 내일까지 작품을 내지 않으면 소명이가 그토록 바라던 유학의 기회는 도전도 못 하고 날아가는 것이다.

나는 책을 읽는 척하다가 열람실 쪽으로 눈을 돌렸다. 소명이는 조용히 앉아 글을 쓰고 있었는데 잘 쓰다가도 간혹 원고지 위에 연필로 줄을 북북 긋거나, 머리를 배배 꼬다가 살짝 쥐어뜯기도 했다. 소명이는 그런 행동을 반복하다가 결국 책상에 엎드렸다. 그 모습이 뭔가 안쓰러웠다.

"뭐가 잘 안돼?"

슬그머니 소명이 뒤로 다가가 한 말에 소명이는 뭘 훔쳐 먹다가 걸리기라도 한 듯 깜짝 놀라 원고를 정리했다. 소명이가 쓰던 원고지에는 죽죽 그인 줄과 붙이지 못한 단어와 문장이 즐비했다. 책상 위에 구겨진 원고지들이 공처럼 이리저리 굴러다니고 있었다. 소명이는 나를 째려보았다.

"넌 네 작품이나 쓰지 왜 남 작품에까지 참견하고 난리니?"

"난 이미 제출했어."

"그럼, 가서 네 할 일이나 해. 애꿎은 사람 방해하지 말고."

"방해한 적 없어."

"이런 식으로 견제한다고 네가 날 이길 줄 알아? 아니다…. 말을 말아야지."

소명이는 두 손으로 얼굴을 쓸어내렸다. 아마 제 딴에는 내가 자신을 방해하러 왔다고 생각하는 모양이다. 하지만 지금 내 앞의 소명이는 교실에서의 위풍당당한 반장이 아니라 창작의 고통에 어쩔 줄 몰라 하는 나 같은 초보 시인이었다. 동질감이 들어서인지, 갑자기 나는 소명이를 돕고 싶어졌다.

"가자!"

나는 소명이의 소매를 잡았다.

"뭐 하는 짓이야!"

소명이의 날카로운 반응에 주변 학생들이 우리를 주시했다. 그 바람에 소명이의 얼굴이 홍당무처럼 빨개졌다.

"일단 나가자. 시가 안 써질 때는 밖에 나가야 한다고 그랬어."

"누가?"

"내가 존경하는 선생님이. 실은 과외를 받고 있거든."

"과외?"

"자세한 건 나가서 이야기하자고."

나는 소명이를 억지로 자리에서 일으켰다.

사각사각. 걸음을 옮길 때마다 낙엽 덮인 거리는 갓 튀긴 김부각을 씹는 것처럼 바삭거렸다. 사람들은 추우면 옷을 껴입지만, 나무들은 반대로 옷을 벗는다. 낙엽은 나무들이 겨울을 나기 위해 벗은 옷이다. 나와 소명이는 그 옷들이 내는 소리를 맛있게 밟아 가며 돌담을 따라 걸었다.

"이거, 놔! 너, 왜 이러는지 내가 모를 것 같아?"

소명이가 내 손을 뿌리쳤다.

"왜 이런다고 생각하는데?"

114

"왜 이러기는! 내일이 마감인데 지금 내가 시 쓰는 걸 방해해서 네가 이기려고 하는 거잖아."

"백일장을 너하고 나 둘이서만 하냐? 네가 응모 안 하면 자동으로 내가 1등이냐?"

"그건 아니지만…."

"네가 지금 시를 쓰지 못하고 있는 이유가 뭐일 것 같아?"

"전문가라도 되는 양 말하지 마."

하지만 소명이는 이내 자신이 뱉은 말을 무르겠다는 듯 고개를 저었다.

"그래, 들어나 보자. 뭔데?"

"네가 조선말이 아닌 일본말로 시를 쓰고 있어서야."

"뭐?"

소명이가 어이없다는 표정을 지었다.

"뭐 대단한 거라도 발견한 줄 알았더니 고작 한다는 이야기가 그거야?"

"응, 아주 중요한 이야기야. 시는 감이 붉게 익는 것처럼 말이 가장 무르익은 형태인데 넌 지금 그 사실을 부정하려고 하니까 안 되는 거지. 실은 내게 시를 가르쳐 주시는 선생님도 시인이야. 아직 유명하진 않지만, 조만간 엄청 유명한 시인이 되실 분이지. 그런데 그분마저도 시를 이제 그만 쓸 거라고 하시더라고. 왜냐고? 앞으로 일본말만 써야 하니까. 그래서 제대로 시를 쓰기가 어려우시대."

"네가 뭘 모르나 본데. 난 다구치 선생님도 인정한 내지인이라고!"

"그런 중요한 인정을 고작 도자기 세트 하나로 받았다는 게 나도 믿기지 않아."

"이게 정말!"

소명이가 뒤돌아 가려 하자 나는 소명이의 소매를 낚아챘다.

"좋아, 이렇게 하자. 난 널 좋아하지도 싫어하지도 않지만, 같은 시를 쓰는 사람으로서 돕고 싶어. 그러니까 오늘 저녁은 성심성의껏 네가 시 쓰는 걸 도와줄게. 내가 배운 방법대로 말이야. 하지만, 만에 하나 내 방법이 네게 하나도 도움이 안 되어서 한 자도 못 쓴다면 내일 당장 응모한 작품을 취소할게. 그럼 너도 나도 똑같이 응모하지 못하는 것이니 공평하잖아. 안 그래?"

나의 제안에 소명이가 조금 흔들리는 듯했다. 그 아이는 잠시 땅을 보며 궁리하더니 이내 고개를 끄덕였다.

"대신, 허튼짓했다가는 당장 그만둘 줄 알아."

"그렇게 해. 나중에 좋다고 또 도와 달라고 하지나 마."

나는 소명이의 손을 잡고 무작정 걸었다. 큰 거리로 나오자 많은 것들이 눈에 들어오기 시작했다. 하늘, 바람, 낙엽, 나무, 건물, 전차, 사람, 갈대…

"일단 네 눈에 들어오는 것들을 바라봐. 그런 다음 그 느낌을 보는 그대로 표현하거나, 친근한 사물에 빗대어 표현하거나, 이도 저도 아니면 그냥 생각나는 대로 말해 봐.”

“뭘 어떻게 하라는 거야?”

“이를테면, 저기 신문을 보는 아저씨를 봐. 보면서 어떤 느낌이 들어?”

“그냥, 말 그대로 신문을 읽고 있잖아.”

“그러니까 그 모습을 보면 어떤 느낌이 드냐고. 네 느낌. 너만이 표현하고 싶은 느낌.”

“글쎄. 신문을 읽고 있다? 활자를 보고 있다?”

“활자가 담은 정보를 받아들이고 있다. 전국 방방곡곡 세계 어느 나라든 가지 않아도 활자를 통해 알 수 있다. 신문은 우리가 직접 가지 않아도 원하는 장소에 데려다준다. 저기 자전거를 타고 가는 학생은?”

“빠르다. 두 바퀴로 잘 달린다. 날쌔지만 위태롭다.”

“잘했어. 그럼, 저 위에 새들은?”

“훨훨 자유롭게 날아간다. 높은 곳을 향해. 외로운 길. 하지만 함께하는 길.”

우리는 한동안 선생님이 가르쳐 주신 ‘시를 표현하는 법’으로 말을 지었다. 처음 말을 배우는 아이의 놀이처럼 재미있었다. 어느새 나와 소명이는 서로가 경쟁자라는 사실을 잊은 채 선생님이 가르쳐 준 방법을 따라 말의 경계를 넘나들었다. 확실히 소명이는 나보다 나았다. 소명이는 내가 조선말로나 가능하던 말의 유희를 손쉽게 일본말로 들려주었다. 나는 놀라움과 기쁨을 동시에 느꼈다.

"자, 쇠뿔도 단김에 빼라니까 이제 저 답답한 도서관 말고 시가 가장 잘 써지는 곳으로 가보자. 그곳이라면 지금 툭툭 나오는 말의 파편들을 잘 정리할 수 있을 거야. 시는 마음에서 우러나오는 거니까."

"그건 싫어." 소명이가 고개를 저었다.

"너희 아버지 때문이라면 이미 다 알고 있는 일인데 뭐 어떠니? 흠 잡힐 일을 하고 계시는 것도 아니잖아. 잊었어? 지금 너는 시 쓰는 데만 집중해야 해. 마감이 내일이라고! 너는 백화점의 옥상 정원에서 영감을 받을 수 있다며? 릴케의 장미 정원이나 워즈워스의 수선화 정원 같다며?"

지금은 소명이 아니라 오히려 내가 적극적이었다. 왜일까? 그냥 놔둬도 되는 일인데 나는 애써 소명이의 창작을 돕고 있다. 이게 내가 당장 할 수 있는 일이라는 생각이 들어서일까? 아니면 소명이가 사환에 대한 괴로운 마음을 딛고 앞으로 나아갈 수 있게 해줘서일까? 여러 이유가 있겠지만 그중 하나만 꼽자면 마음속의 동지 의식 때문이었다. 나는 소명이가 나보다 뛰어난 재능을 가지고 있다고 생각한다. 그 재능이 시작도 못 해보고 묻히는 게 아쉽다. 앞으로 많은 사람들의 재능이 그렇게 될 것이다. 단 하나, 일본말이 서툴다는 이유만으로. 그렇지만 소명이는 다르다. 나는 이미 틀렸으니 소명이라도 저 결승점까지 달려갔으면 좋겠다. 그러면 조선말의 형태는 없어져도 말이 품고 있던 의미 정도는 살릴 수 있지 않을까?

나는 지나가는 인력거를 세워 미쓰코시 백화점으로 가달라고 부탁했다. 왠지 그곳이라면 소명이가 가장 훌륭한 작품을 쓸 수 있을 것 같았다. 나더러 고집 센 계집애라고 하는 소명이의 볼멘소리가 들렸지만 상관없었다.

"네가, 여길 어쩐 일로 왔니?"

백화점 엘리베이터 앞에서 사람들을 안내하던 소명이 아버지는 딸의 모습을 보고는 크게 놀라셨다. 무슨 일이 있어서라고 걱정하시는 것 같아 나는 꿀 먹은 벙어리가 된 소명이 대신 둘이 백화점에 놀러 왔다고 말했다. 그러자 소명이 아버지는 잠깐 기다리라고 말하고는 어딘가에 급히 다녀오더니 다시 우리에게 말했다.

"오늘 저녁에 총독부 높은 분이 옥상 정원에서 파티를 열기로 하셨다. 아직 준비 중이라 잠깐 구경하다 돌아가는 건 괜찮을 거야. 그래도 가서 소란스럽게 굴면 안 된다. 알았지?"

"그럼요. 가서 시 영감만 받고 내려올 거예요."

이번에도 소명이 대신 내가 대답하자 소명이 아버지는 사람 좋은 웃음을 지으며 우리를 엘리베이터로 안내했다. 버튼을 누르자

복습

땡 하는 경쾌한 종소리와 함께 문이 열리며 커다란 방만 한 엘리베이터 내부가 모습을 드러냈다.

"엘리베이터 처음 타나 봐?"

소명이의 퉁명스러운 물음에 내가 고개를 끄덕이자 소명이가 한심하다는 표정으로 한숨을 쉬었다. 이윽고 엘리베이터가 옥상을 향해 움직이자, 갑자기 머리가 어질어질했다. 움직이는 시간이 짧은 게 그나마 다행이었다. 다음부터는 계단으로 다녀야지. 다음에도 백화점에 올 기회가 있다면.

옥상에 도착한 엘리베이터의 문이 열리는 순간, 나는 나도 모르게 탄성을 질렀다. 소명이가 백화점 옥상 정원을 은빛 세계라고 말한 것은 과장이 아니었다. 저녁에 파티가 있어서인지 정원은 한껏 멋들어진 치장을 하고 있었다. 하얀 천이 곳곳에 걸려 있고, 꽃들은 잘 정돈되어 있었으며 대리석 기둥들도 반짝거렸다. 책에서 읽은 유럽의 왕자나 공주가 사는 성이 실제로는 이렇게 생기지 않았을까. 시간이 있다면 공주가 된 듯 정원 안을 거닐고 싶었다. 하지만 우리는 초대받지 않은 손님이다. 백화점 직원들이 분주한 사이, 나와 소명이는 숨바꼭질에서 술래에게 들키지 않으려는 듯 조심스럽게 움직였다.

"쳇, 괜히 여기까지 왔네."

이윽고 정원의 가운데에 있는 동그랗고 작은 연못에 다다르자 소명이가 투덜거렸다. 이곳은 소명이가 좋아하다 못해 창작의 영감을 받는다던 분수대였다. 하지만 파티 준비 때문인지 분수대의 물줄기는 멈춰 있었다. 물을 뿜지 않는 분수대는 평범한 연못으로밖에 안 보였지만, 소명이가 실망할까 봐 내색하지는 않았다.

"이거로는 안 되겠지? 대신 연못에 대해 써보는 건 어때?"

"지금 그걸 말이라고 해?"

"그래도 시는 상상이 중요하잖아. 분수가 눈앞에 있다고 상상하면 영감을 받을 수 있지 않을까?"

"영감을 받기는커녕 왔던 영감도 사라지겠다. 이게 뭐야, 더럽게 이끼만 껴서는. 내가 뭐에 씌었는지 네 말을 들어서. 괜히 시간만 낭비했잖아."

"이럴 줄은 몰랐어. 정말로."

소명이에게 미안했다. 예측할 수 없는 일이지만, 소명이 말대로 어찌 되었든 여기까지 끌고 온 건 나였으니까.

"좋아. 의도한 건 아니지만, 네가 시를 쓰는 걸 방해했으니, 약속대로 작품 응모를 취소할게."

"웃기고 있네."

소명이의 입꼬리가 살짝 올라갔다.

"내가 저번에 말했지? 경쟁자가 있어야 재미있다고. 손쉽게 얻어 버리면 그게 무슨 재미냐고. 지금 네가 나보다 우월해서 져주겠다는 소리로밖에 안 들리거든? 원래 장인은 도구를 가리지 않는 법이고, 시련은 주인공을 강하게 만들지. 내 감성을 깨우기 위해서라면 성공이야. 난 지금 너의 한심한 행동 때문에 무지 열 받았으니까.”

소명이의 말에 나도 모르게 까르르 웃고 말았다.

“웃어? 웃냐고!”

소명이가 나를 타박했지만, 악의가 느껴지지는 않았다. 분명 소명이도 이 황당한 장면을 즐기고 있었다. 자신이 찬양해 마지않던 아름다운 분수를 보며 시적 감수성을 키우려던 마지막 시도는 물이끼가 잔뜩 낀 연못처럼 생긴 웅덩이, 또는 분수였던 무언가를 보며 투덜거리는 걸로 마무리되었다.

“뭘 잘했다고 웃냐.”

“이제 시 쓸 수 있는 거지?”

나의 물음에 소명이는 대꾸하지 않았지만, 시키지 않았는데도 가방에서 수첩과 연필을 꺼내더니 무언가 적어 내려가기 시작했다. 마치 예술가가 갑작스러운 영감을 얻어 걸작을 완성해 나가는 모습 같았다. 소명이는 자기에 대한 어떤 확신을 글로 표현하고 있었다. 옆에서 보는 것만으로도 기분이 좋아졌다.

소명이의 시 쓰기가 한창 진행되던 때, 멀리서 빨간 제복을 입은 백화점 직원이 양복을 차려입은 남자에게 호되게 혼나고 있는 모습이 보였다. 그런데 순간 소명이의 표정이 그믐밤처럼 어두워졌다. 소명이는 얼른 필기구를 가방에 집어넣더니 돌아가자며 내 소매를 잡아당겼다. 질책을 당하는 백화점 직원은 소명이의 아버지였다. 우리를 몰래 옥상 정원으로 올려 보내서 그런 것 같았다.

"잠깐이면 되는 줄 알았습니다. 지배인님 죄송합니다. 정말 죄송합니다."

몇 번이고 허리를 굽히는 소명이 아버지의 당황한 목소리가 우리에게까지 들렸다. 소명이는 고개를 절레절레 흔들더니 귀를 막았다.

"갈 때는 계단으로 가자."

소명이는 아래로 내려가는 비상계단을 알고 있다고 했다. 우리는 누구에게 들킬세라 서둘러 옥상 정원을 빠져나왔다. 나는 소명이를 똑바로 볼 수 없었다. 계단을 내려가는 소명이의 옆모습에서는 말로 표현하기 힘든 감정이 느껴졌다.

"미안, 나 때문에 괜히."

"괜찮아."

소명이의 짧은 대답에 나는 더 말하지 않았다. 우리는 그대로 남은 계단을 조심스레 내려와서는 몰래 백화점을 빠져나왔다. 백화점에 가득한 사람들은 여전히 그들의 일상을 즐기고 있었다. 같은 공간에 있지만 우리는 그런 멋진 사람들과 어울리지 않는 이방인이었다. 어쩌면 소명이가 내지인이 되고 싶어 하는 이유도 이방인처럼 겉도는 삶을 벗어나고 싶어서가 아닐까? 내지인이 되지 않으면 불령선인이 되고 마는 상황에서 모두가 선택을 강요받고 있었다. 그 생각이 옳다는 것은 아니지만, 소명이의 심정이 이해되었다. 아주 조금.

"나, 간다."

"어, 그래."

우리는 돌아오는 갈림길에 멈춰 서로에게 짧게 말했다. 소명이
는 다시 도서관으로 돌아갔고 나는 그제야 집으로 향했다. 뒷산
에 들렀다 갈 수도 있지만, 이번에는 한시라도 빨리 집으로 돌아
가고 싶었다.

쉽게 씌어진 시

창밖에 밤비가 속살거려
육첩방은 남의 나라,

시인이란 슬픈 천명인 줄 알면서도
한 줄 시를 적어 볼까,

땀내와 사랑내 포근히 품긴
보내 주신 학비 봉투를 받아

대학 노트를 끼고
늙은 교수의 강의 들으러 간다.

생각해 보면 어린 때 동무를
하나, 둘, 죄다 잃어버리고

나는 무얼 바라
나는 다만, 홀로 침전하는 것일까?

인생은 살기 어렵다는데
시가 이렇게 쉽게 씌어지는 것은
부끄러운 일이다.

육첩방은 남의 나라

창밖에 밤비가 속살거리는데,

등불을 밝혀 어둠을 조금 내몰고,

시대처럼 올 아침을 기다리는 최후의 나,

나는 나에게 작은 손을 내밀어

눈물과 위안으로 잡는 최초의 악수.

시를 읽는 밤

프로펠러 비행기가 지나며 창공에서 삐라가 뿌려졌다.

삐라는 바람에 흩날리는 은행잎처럼 온통 하늘을 수놓았지만, 환한 노란빛이 아닌 잿빛으로 보였다. 오늘은 비행기를 보는 느낌이 평소와 달랐다.

대일본 제국은 대동아공영권의 수호를 위해

1941년 12월 7일부로 하와이의 진주만을 공습하였다.

이번 공습으로 사사건건 아시아의 평화를 위협하는 미국에게

궤멸적인 타격을 입혔다.

이제 싸움을 피할 수 없다. 돌이킬 수도 없다.

그러니 삼천만 조선인 모두가 야마토 정신을 가지고 똘똘 뭉쳐

천황 폐하를 지킬 성전에 참여하자.

황국 신민이 될 기회를 얻자.

일본은 신이 지켜 주는 나라다.

신이시여, 천황 폐하를 굽어살피소서.

집으로 달려오자 아버지는 잔뜩 술에 취해 누워 있었다.

"아버지, 큰일 났어요! 전쟁이 났대요! 이제 돌이킬 수 없대요!"

내가 삐라를 아버지에게 내밀자, 아버지는 보기 싫다는 듯 고개를 벽 쪽으로 돌렸다.

"드시지도 못하는 술을 뭐 이리 드셨어요. 이렇게 낮술 드시고 주무실 때가 아니라고요."

"놔둬라. 오늘만 이러고 있자."

"네?"

"내가… 스즈키 그놈에게 속았어."

아버지가 중얼거렸다. 비행기에서 뿌린 삐라, 즉 전단지는 아버지의 인쇄소에서 작업한 것이었다. 평소 아버지는 총독부와의 계약이 돈은 많이 주지만 여간 까다로운 일이 아니라고 했다. 인쇄 전에 수많은 검열을 받기 때문에 인쇄기에 들어가기 직전까지도 정확한 내용을 모른다고 했다. 총독부가 말하는 대로 받아서 전달하는 앵무새 역할만 하는 것이다.

"이제 와서 몰랐다고 해도 변명일 뿐 그게 무슨 소용일까."

"무슨 말씀이세요, 아버지?"

“내가 돈 몇 푼에 눈이 멀어 조선 사람들을 사지로 몰아넣었다. 내가…”

“아버지가 그런 짓을 할 리가 없잖아요.”

그러자 아버지는 대답 대신 바지 주머니를 뒤져 꼬깃꼬깃해진 종이 하나를 내밀었다. 엊그제부터 인쇄가 시작되었다는, 총독부에서 하부 부서에 전달한 공문이었다. 나는 천천히 종이를 살펴보았다.

서구 열강이 아시아 평화를 위한 대동아공영권을 시시각각 위협하고 있는 이때, 《국가총동원법》을 보완하기 위한 하위 법령의 일환으로 《국민근로보국협력령》을 1941년 11월 21일에 공포하여 같은 해 12월 1일부터 시행한다. 이 법령은 14세 이상에서 40세 미만의 남성, 14세 이상에서 25세 미만의 여성이라면 누구나 선발되어 국가 수호를 위해 봉사할 수 있다는 내용을 담고 있다.

“이게 무슨 말이에요, 아버지?”

“순이 너만 한 아이부터 이 아비 정도 되는 어른까지 죄다 잡아다 전쟁에 필요한 곳에 강제로 집어넣겠다는 뜻이다. 우리 인쇄소에서 보조로 일하던 직원 알지? 내가 혼례도 주선해 준.”

“사도 광산에 갔다는 오라버니요?”

“그래, 몇 달 전에 편지를 받았는데 말이 좋아 차출이지 급여도 제대로 받지 못하는 강제 노역이더구나. 열네 살 아이들도 끌려가서 일하고 있다던데 이를 어찌하면 좋으냐. 엊그제 면장 말들어 보니 면사무소마다 선발 인원 할당량도 있다던데, 이게 인간 사냥이 아니고 뭐겠냐. 내가 조선 사람들을 노비로 만드는 일에 앞장서고 있었으니…."

아버지는 뼈라는 시작에 불과하다고 했다. 총독부에서 아버지의 인쇄소에 다음으로 맡긴 일은 바로 이 강제 노역을 북돋는 선전물이라고 한다. 한술 더 떠 조선 총독이 황군 입대를 조장하는 내용도 포함되어 있고, 밝은 내용의 만화나 내로라하는 시인들의 활기찬 시도 실린다고 한다. 제국의 발전을 위해서라고 곱게 포장했지만, 사실은 조선 청년들의 목숨을 노리는 초대장이었다. 그러나 이미 총독부와 인쇄 계약을 마친 이상, 아버지가 피할 길은 없었다.

"조만간 강제 노역으론 성에 안 차서 전쟁터에 병사로도 끌고갈 거다. 그 자랑스럽다는 황군의 깃발 아래 아까운 조선 젊은이들만 개죽음당하겠지. 짐작하고는 있었다만 이래 빨리 올 줄은 몰랐다. 어찌해야 하나. 이젠 정말 모르겠다, 모르겠어."

아버지는 전문학교 문과를 나왔다. 항상 손님의 만족을 최우선으로 생각하며 힘들어도 인쇄업을 놓지 않은 이유는 하나의 목표를 위해서였다. 전단지 하나, 광고 하나라도 더 찍어서 책을 쉽게 접하지 못하는 많은 이들이 글을 읽고 쓸 수 있게 하기 위해서였다.

하지만 아버지는 이젠 이 일을 더 못 할 것 같다며 중얼거렸다. 어찌해야 할까. 자신이 자부심을 느끼던 일 때문에 괴로워하는 아버지를 보고 있자니 그 짐을 나눠서 지고 싶어도 그러지 못하는 나 자신이 한심하고 원망스러웠다.

"아버지, 너무 자책하지 마세요, 아버지가 아니어도 누군가는 해야 할 일이에요."

내가 할 수 있는 말은 그것뿐이었다. 그 어떤 말로도 지금 아버지의 마음을 보듬을 수는 없었다. 하지만 내 말에 아버지는 벽 쪽으로 파묻었던 고개를 돌리더니 벌떡 몸을 일으켰다.

"정말로 그리 생각하느냐?"

"네. 누군가가 지었을 양심의 짐을 아버지가 대신 짊어진 거라고 생각해요. 어차피 벌어진 일은 돌이킬 수 없잖아요. 그러니 같은 실수를 반복하지 않도록 당장 할 수 있는 일부터 해야 해요."

"어쩜 넌 네 엄마하고 똑같이 말하냐."

"네?"

"네 엄마 다 죽어 갈 때 말이다. 괴로운 마음에 술 먹고 누워 있는데 농땡이 피우지 말고 당장 애 출생 신고부터 하라며 호통치지 뭐냐. 깜짝 놀라서 바로 면사무소로 달려갔다. 너 출생 신고하고 정확히 사흘 뒤에 소천했지."

"…"

"네 말이 맞아. 이대로 머릴 싸매고 누워 있어 봤자 뭘들 나아지겠냐. 저지른 일은 돌이킬 수 없으니 혼란스러운 상황에서 당장 할 수 있는 일부터 해야지."

아버지가 내 손을 잡고 잠시 어디에 다녀오자고 했다. 이유를 묻자, 양장점에 맞춰 놓은 새 옷을 찾으러 가자는 것이었다. 아버지가 당장 하려는 일은 아버지 본인이 아닌 나를 위한 일이었다. 어제부터 학교에서는 동백제가 시작된 참이었다.

한 학기의 마지막 일주일은 1년 중 학교에서 가장 즐거운 시간이지만, 지금 분위기는 뒤숭숭했다. 큰 전쟁 때문에 남녀 할 것 없이 곧 전쟁터로 끌려갈 거라는 소문이 파다했다. 이를 부채질하듯 선생님 중에는 수업하다 말고 대동아공영권의 미래를 위해 이 한 몸 바쳐야 한다고 말하는 사람도 있었다. 제 몸이 아닌 학생들의 몸을 말이다.

하지만 그런 분위기와는 상관없이 다구치 선생님은 동백제에 있을 문학의 밤 행사를 준비하는 데 여념이 없었다. 이번에는 총독부에서 손님이 온다고 해서 더욱 신경을 쓰는 듯했다. 급기야 지난주에는 나와 소명이를 교무실로 부르더니 우리 둘 중 하나가 대상을 받을 것 같다며 대상을 받는 사람은 그 자리에서 바로 자신의 작품을 낭송할 것이니 미리 준비하라고 했다. 손님들이 오는 자리에 때가 꼬질꼬질 묻은 옷을 입고 무대에 서면 학교의 위신이 떨어질 수 있다는 우려에서였다.

나는 새 저고리 정도만 있으면 되는데, 이야기를 꺼내자마자 아버지는 나를 양장점으로 데려갔다. 재단사가 온몸 이곳저곳의 치수를 잰 다음, 며칠 뒤에 옷을 찾으러 오라고 했다. 까먹고 있었는데 오늘이 바로 그날이었던 거다.

"우리 딸, 참 곱구나."

서양 스타일의 원피스를 본 아버지가 너털웃음을 지었다. 거울에 비친 나는 카페와 백화점에서 봤던 모던 걸들처럼 주름이 많은 분홍색 롱 드레스를 입고 있었다. 아마 평생 입어 본 옷 중 가장 예쁜 옷일 것이다. 가격이 부담스러웠지만 이미 값을 치른 아버지는 가게 밖에서 내가 나오길 기다리고 있었다.

"이럴 필요 없는데…"

"무슨 소리! 이 한문주의 딸이니 어딜 가도 때깔 좋은 거 입고 가야지."

"근데, 아버지는 못 오시죠?"

"응. 사람들 앞에서 딸 망신당하는 꼴 보기 싫어서 안 가려고."

아버지가 콧수염을 만지작거리며 말했다. 아버지의 뼈 있는 농담에 어이가 없어 웃음을 지었지만, 실은 아버지가 오든 안 오든 상관없었다. 어차피 소명이처럼 이번에 뭘 얻겠다는 것도 아니고, 그런 안일한 태도를 가진 내가 대상을 받을 리도 없으니까. 하지만 아버지는 못내 미안한 듯했다. 내가 괜찮다고 말해도 시장에서 새 옷에 어울리는 머리핀이며 목걸이 같은 액세서리를 자꾸

사주었다.

　집 앞에 다다르자, 아버지는 집에 들르지 않고 바로 인쇄소로 갈 거라고 했다. 내가 저녁이라도 드시고 가라고 했지만, 아버지는 고개를 젓더니 갑자기 내 어깨를 붙잡으며 말했다.

　"이따 올 때 밤길 조심하고. 혼자 있다고 끼니 거르지 말고. 그리고 간장 종지 밑에 돈을 조금 놓아두었으니 방학하면 그거로 순창에 있는 고모 댁에 가 있거라. 고모한테는 전보로 미리 이야기해 놨어. 어차피 축제 끝나면 방학이니까 내일 바로 내려가도 되지 않으려나?"

　"그건 제가 알아서 할게요."

　"그러렴. 참, 그리고 줄 게 있는데…."

　아버지는 들고 있던 서류 가방을 내게 건네었다. 안에는 두툼한 종이 뭉치가 들어 있었다. 아버지에게 인쇄를 부탁한 선생님의 육필 원고였다.

　"인쇄가 안 될 것 같아서 이쯤에서 원본을 돌려주는 게 좋을 것 같아. 선생님의 피땀이 어린 원고니까 꼭 좀 전해 주거라. 그리고 인쇄비는 아직 안 받아서 상관이 없는데, 네 과외비 100원을 드리지 못했구나. 다음에 다시 만날 때는 꼭 무료로 시집을 출간해 줄 거라고 말씀드려."

　"그렇게 할게요. 근데 아버지."

　"왜 그러느냐?"

"어디 멀리 떠날 사람처럼 이야기하시네요."

"내가 널 두고 어딜 가냐. 그냥 일이 많다는 거지. 총독부가 하도 닦달이라 오늘부터 며칠 철야 작업을 하기로 했다. 당분간 집에 못 들어올 거야."

아버지는 지나가던 엿장수를 불러 세우더니 호박엿 몇 개를 사서 내 손에 쥐여 주고는 빠른 걸음으로 뒤도 안 돌아보고 인쇄소로 향했다.

"아무리 바빠도 끼니는 잘 챙겨 드셔야 해요."

나의 외침에 아버지는 살짝 고개를 돌려 미소로 화답했다.

그리고 그해 겨울이 지나도록 아버지는 돌아오지 못했다.

불야성은 밤에도 대낮처럼 불이 꺼지지 않는 곳을 의미한다. 어딘가에서 벌어지고 있다는 전쟁은 남의 이야기인 듯 동백제가 열리는 학교는 말 그대로 불야성을 이루었다. 큰 축제인 만큼 학생뿐 아니라 근처 일본인 상인들까지 가득했다. 상인들은 가판대에서 갖가지 음식과 물건을 팔고 학생들은 각자가 한 해 동안 갈고닦은 무용이며 노래며 악기 연주 같은 장기들을 멋들어지게 뽐내고 있었다. 곳곳에 걸린 가스등과 만국기, 그리고 화려한 빛깔의 장식품, 그 아래로 많은 이들이 멋스럽게 차려입고 축제를 만끽하고 있었다. 평소 조용한 느낌이었던 학교는 오늘만큼은 대목의 장날을 방불케 했다.

소음과 인파의 한가운데서 나는 조용히 목적지인 체육관을 향해 걸어갔다. 축제를 즐길 여유가 없었다. 그저 오늘 행사를 잘 마무리하자는 생각뿐이었다.

'제10회 동백 문학의 밤'

체육관 입구 앞의 걸개를 보아 제대로 찾아온 것 같았다. 드디어 올 게 왔구나. 가슴이 쉴 새 없이 두근거렸다. 체육관의 무거운 출입문을 힘주어 밀자 언제 설치했는지 모를 커다란 무대가 눈에 들어왔다. 멋지게 차려입은 사람들 사이로 비치는 눈부신 조명. 생각보다 큰 규모에 움츠러든 나는 가쁘게 숨을 몰아쉬었다. 다행히 그런 내 앞에 반가운 얼굴이 보였다. 김명자였다. 자기는 다른 아이들처럼 내세울 장기가 없어서 축제하는 동안 안내 도우미를 맡고 있다고 했다.

"다들 네가 대상을 받길 바라고 있어. 좋은 작품 기대할게."

김명자가 귓속말로 하는 응원에, 기대에 보답할 수 있을지 모르겠다고 답한 나는 안내를 따라 내가 앉을 자리로 향했다. 보기만 해도 부담스러운 맨 앞자리였는데 옆자리에는 조소명이 먼저 와서 앉아 있었다. 레이스가 수놓인 하얀 드레스가 눈부시게 아름다웠다.

"너도 쫙 빼입고 왔구먼. 꼬질꼬질한 저고리 입고 오면 옆에 앉은 나까지 창피해질 것 같아서 걱정했는데."

"그런들 너만 하겠어? 무슨 귀족 부인처럼 입고 와서는."

잠시 티격태격하는 사이, 오늘은 군복 대신 턱시도를 차려입은 다구치 선생님이 무대 위로 올라 마이크 앞에 섰다. 무대 뒤로는 일본 제국을 상징하는 욱일기가 화려한 조명을 받으며 걸려 있었다.

"아, 아. 경내에 계신 신사 숙녀 여러분 안녕하십니까, 지금부터 동백 문학의 밤 행사를 진행하겠습니다. 올해로 열 번째를 맞는 이 행사는 학생들이 문학적인 소양을 쌓고 이를 드높여 훌륭한 작품으로 여러분께 보답하는 데 목적을 두고 있습니다. 먼저 이런 뜻깊은 자리를 마련해 주신 교장 선생님의 담화가 있겠습니다."

교장 선생님은 변소 낙서의 충격에서 완전히 벗어났는지 예전처럼 무표정한 얼굴을 하고 무대 위로 올랐다. 교장 선생님은 이 자리를 빛내기 위해 와준 많은 분에게 감사하다며 인사를 건넸고 뒤이어 그들을 한 명씩 소개했다. 여러 교육 기관의 대표와 이름 모를 단체의 수장들, 문예계의 저명한 인사들, 후원자들, 교수들, 시인들…. 조선의 교육을 총괄하는 총독부 학무국장을 소개할 때는 온갖 미사여구를 다 갖다 붙였다.

그 외에는 축제나 문학과는 전혀 상관없는 내용으로 태평양 전쟁에서 반드시 승리하여 서구 열강으로부터 동양 평화를 수호하자는 말이었다. 이 말을 주의 깊게 듣는 것은 일부 어른밖에 없었는데 이야기가 길어질 것을 우려한 총독부 학무국장이 다구치 선생님을 통해 교장 선생님에게 신호를 보낸 덕분에 적당한 선에서 끊을 수 있었다.

"네, 교장 선생님의 말씀 잘 들었습니다. 그럼, 오늘의 본 행사인 백일장 대회 결과를 발표하겠습니다. 먼저 운문 부문 대상을 발표하겠습니다. 올해의 운문 부문은 우리 일본 고유의 감수성을 느낄 수 있도록 학생들에게 자유시가 아닌 하이쿠를 짓도록 했습니다. 발표는 평소 문학을 사랑하시고 하이쿠에도 조예가 깊으신 학무국장님께서…."

드디어 백일장 결과 발표다. 결과가 발표되면 대상을 받은 사람은 무대 위로 올라가 많은 사람의 축하를 받으며 자신의 시를 읽을 수 있다. 다구치 선생님의 말이 사실이라면 나나 소명이 둘 중 하나는 오늘 이 무대의 주인공이 된다. 물론 내가 대상을 받을 거라고 생각하지는 않는다. 하지만 만에 하나 기회가 생긴다면 어떨까. 사람들 앞에서 직접 내 작품을 읽을 수 있다는 사실만으로도 가슴이 벅차오른다. 방금 전의 긴장감과는 전혀 다른 느낌이다. 뿌듯하기도 하고 감동적이기도 하고 부끄럽고 창피하기까지 하다. 여러 감정이 뒤섞여 뭐가 뭔지 하나도 모르겠다.

"안녕하세요, 제게 결과를 발표할 기회를 주셔서 감사드립니다. 추천받은 작품들을 놓고 고민에 고민을 거쳐 대상을 정했습니다. 그럼 발표하겠습니다. 올해의 대상은… 축하합니다. 시라카와 고아키!"

이름이 불린 것은 시라카와 고아키, 조소명이었다. 소명이는 깜짝 놀라며 눈이 똥그래졌지만, 이내 눈에 눈물이 가득 고였다.

"축하해!"

나는 진심으로 소명이의 대상을 축하했다. 혹시나 하는 마음이 있었지만, 어디까지나 내 작품을 사람들 앞에서 읽을 수 있다는 기대 때문이지 입상을 바라거나 하지는 않았다. 그리고 무엇보다 이 순간을 누구보다 바라 온 것은 내가 아닌 소명이었다. 소명이의 간절함이 작품에 녹아든 덕분에 심사위원을 감동시킨 것이다.

하얀 드레스 차림으로 무대 위로 올라간 소명이는 평소 당당한 모습과 달리 많이 긴장한 듯 더듬더듬 수상 소감을 발표했다. 자신이 창작열을 불태울 수 있도록 해준 다구치 선생님과 교장 선생님, 그리고 자신의 작품을 뽑은 심사위원들과 학무국장에게 감사 인사를 전했다. 그리고 마지막으로 오늘도 일터에서 힘들게 일하고 있을 아버지에게 감사하다는 말을 덧붙였다. 주위를 둘러보니 우리 아버지처럼 소명이 아버지도 행사에 오시지 않은 것 같았다. 소명이가 서운해할 것 같다는 생각도 들었다.

"네, 수상 소감 잘 들었습니다. 대상을 받은 시라카와 학생에게는 특전으로 내년에 동경에 있는 학교에 근로 장학생으로 편입할 수 있는 추천서를 드리도록 하겠습니다. 일본 현지에서 유학하면서 낮에는 일하고 밤에는 공부할 수 있는…."

“잠시만요!”

소명이가 무대 아래로 내려가자, 다음 순서를 진행하려는 다구치 선생님의 말을 학무국장이 멈춰 세웠다. 무슨 일이지? 안에 있는 모든 이들이 웅성거렸다.

“한마디 더 해도 되겠습니까?”

“네, 말씀하시지요.”

“시라카와 학생의 작품도 훌륭하지만 실은… 우열을 가리기가 무척 힘들었습니다. 따라서 이번에는 공동 수상으로 하면 어떨까 합니다.”

이것은 꿈일까, 생시일까? 갑자기 내 이름이 호명되는 순간, 내 마음에는 기쁨보다 불안감이 들이닥쳤다. 그저 이런 큰 자리에서 내 시를 읽으면 좋겠다고 막연하게만 떠올리던 게 현실이 되었기 때문이다. 어떡하지. 오금에 힘이 들어가지 않아 앉은 채로 얼어붙은 그때, 이제 막 자리로 돌아온 소명이가 내 손을 잡아 자리에서 일으켰다.

“얼른 가봐. 나랑 경쟁한 덕분에 너도 받을 수 있었던 거야. 네 수상에 내 지분도 있다는 걸 잊지 말라고.”

나는 어안이 벙벙한 채로 고개를 끄덕이고는 무대 위로 향했다. 무대 뒤의 계단을 오르다 아버지가 사준 드레스가 다리에 감기는 바람에 고꾸라질 뻔했다. 그런 나를 잡아 준 건 다구치 선생님이었는데, 선생님도 전혀 예상하지 못했다는 얼굴이었다.

"올라가 봐라. 시간 관계상 소감은 되도록 짧게 하고. 낭송은 너부터 바로 진행할 거야. 시라카와는 피날레를 장식해야 하니까."

"네…. 그럴게요."

그렇게 말한 다구치 선생님은 손에 내가 쓴 하이쿠의 원고를 쥐여 주었다. 정신이 하나도 없지만, 나는 다구치 선생님의 말을 따르기로 했다. 어차피 수상 소감 같은 건 준비해 오지 않았으니 길게 할 일 없었다. 무대 위로 오르자 많은 이들의 시선이 내게로 쏠리는 게 느껴졌다. 좋은 옷을 입고 있는데도 발가벗겨진 기분이었다.

"감사합니다…. 사실 공동 수상은 전혀 생각하지도 못했습니다…. 이 자리를 빌려 심사해 주신 분들께 감사드립니다."

이어지는 박수갈채. 꿈을 꾸는 듯한 느낌. 아버지와 선생님의 얼굴이 스쳐 갔다. 두 분 다 이 자리에 계셨다면 얼마나 좋았을까.

"네, 그럼 학생들의 작품을 안 들어 볼 수가 없겠지요? 하이쿠는 짧으니까, 두 학생이 쓴 작품을 들은 다음 바로 산문 부문 수상자 발표를 진행하겠습니다. 기요하라 학생, 준비되었어요?"

나는 무대 옆의 다구치 선생님을 향해 고개를 끄덕였다. 그러자 장내는 금세 조용해졌다. 모두가 내 작품을 들으려고 귀를 기울이고 있었다. 들려줄 사람 하나 없는 곳에서 혼자 시를 써온 시간이 헛되지 않았음을 증명하는 순간이었다.

나는 침을 꼴깍 삼켰다. 목소리가 제대로 나오지 않으면 어떡하지. 긴장 끝에 나는 마이크로 입술을 가져갔다.

그리고 마침내 시를 읽어 내려가기 시작했다.

하늘을 우러러　　　　　소라오미떼

부끄러움이 없기를　　　하지나이요오니

죽는 날까지　　　　　　사이고마데

터지는 박수 소리. 그러나 나의 시는 아직 끝나지 않았다. 왜냐하면 이 시는… 온전한 나의 시가 아니기 때문이다.

짧은 하이쿠가 끝났는데도 내가 무대에서 내려가지 않자, 사람들의 박수가 조금씩 잦아들기 시작했다. 무대 옆의 다구치 선생님은 지금 뭐 하는 거냐며 빨리 내려가라고 손짓했고, 그 뒤에서 다음 차례를 기다리던 소명이가 황당한 얼굴로 바라보고 있었다.

"사실… 저는 이 상을 받을 수 없습니다. 이 시는 원작이 따로 있기 때문입니다. 저는 단지 그 원작을 많은 이들께 들려드리고 싶었습니다. 원문으로요."

나는 주머니에서 고이 접힌 원고지 한 장을 꺼내었다. 아버지가 건네 준 선생님 원고의 가장 앞부분에 붙어 있던 원고였다. 나는 떨리는 목소리로 원고지에 적힌 시를 우리말로 한 자씩 읽어 내려갔다.

죽는 날까지 하늘을 우러러

한 점 부끄럼이 없기를,

잎새에 이는 바람에도

나는 괴로워했다.

(…)

시를 다 읽은 후 나는 재빨리 무대 밑으로 내려왔다. 그리고 도망쳤다.

달리고 달렸다. 아직 겨울이 아닌데도 별 대신 뺨을 스치는 바람이 칼날처럼 날카로웠다. 어쩌면 끊임없이 솟는 눈물을 훔치다 뺨에 상처가 나서 그런지도 모른다. 내일부터 나는 학교에 갈 수 없으니까.

내가 시를 다 읽고 나자, 장내는 폭탄이라도 터진 듯 아수라장이 되었다. 도망치지 않았다면 아마도 나는 그들 중 누군가에게 붙잡혀 다구치 선생님의 분노에 찬 훈육을 받고 있거나 심하면 사환처럼 순사에게 넘겨져 주재소로 끌려가고 있을 것이다. 도망치는 내 모습을 소명이는 그저 물끄러미 보고 있었다. 사실 소명이에게 가장 미안했다. 오늘 밤 주인공이 될 수 있는 무대를 내가 망쳐 버렸으니까. 소명이는 처음엔 어이가 없다는 표정으로 잠시 하늘을 보더니 이내 짜증이 가득한 표정으로 살짝 옆으로 고개를 돌렸다. 도망가라는 뜻이었다.

달리고 달려서 어느새 집에 다다랐다. 어찌나 정신없이 달렸는지 아버지가 사준 드레스가 여기저기 찢겨 있었다. 나는 숨을 돌릴 새도 없이 드레스를 훌훌 벗어 던지고 원래 입던 흰 저고리와 검정 치마로 갈아입었다. 그러고는 방 안에 놓여 있던 선생님의 나머지 원고가 든 가방을 집어 들고, 찬장 안의 간장 종지 밑에서 비상금을 챙겼다. 그제야 긴장이 풀렸는지 용변이 마려워 집 뒤의 변소에서 용변을 해결하고 다시 집으로 들어가려는데 안에서 무슨 소리가 들렸다. 여러 사람의 목소리였는데 세간살이를 이리저리 뒤지고 있었다.

"빨리, 증거가 될 만한 걸 찾아 봐! 없으면 만들어서라도!"

순간, 나는 그들이 순사임을 눈치챘다. 아버지가 문제가 될 만한 일을 저질렀는지 온 집 안을 샅샅이 뒤지러 온 것이다. 나는 그들과 마주치지 않도록 살금살금 대문 쪽으로 기어간 다음, 냅다 밖을 향해 달렸다. 다행히 눈치채지 못했는지 뒤쫓아 오는 이는 보이지 않았다.

이젠 집으로도 갈 수 없는 상황이었다. 고모 댁은 기차가 다니는 내일 아침이 되어야 내려갈 수 있어서 적어도 오늘 하루는 묵을 곳이 필요했다. 여관방을 잡으려고 해도 나 같은 미성년자에게는 방을 내어줄 수 없다고 했다. 그러던 중 나는 선생님의 하숙집이 근처라는 걸 떠올렸다. 아무래도 신세를 져야 할 것 같았다. 선생님의 원고도 돌려줘야 했고.

기억을 더듬어 어두운 골목을 걸어 들어가 대문을 두드렸다. 문을 연 것은 선생님이었다. 선생님의 얼굴을 보자 나는 그만 울음을 터뜨리고 말았다. 선생님은 아무것도 묻지 않고 나를 안으로 들였다.

"그랬군요."

선생님은 내게 저녁 밥상을 차려 주었다. 꾸역꾸역 밥을 입안으로 밀어 넣으며 있었던 일을 이야기했다. 길고 긴 하루였다.

"그래서 집에 순사들이 들이닥쳤다는 건가요?"

"네, 아무래도 아버지가 무슨 일을 벌이신 것 같아요."

"어르신께서 무슨 일인지는 말씀 안 하셨나요?"

"별말씀 없으셨어요. 단지, 일이 밀려서 며칠 못 들어오니까 고모 댁에 내려가 있으라고 하셨어요."

"혹시 내 원고 때문에…."

"그렇진 않을 거예요."

하지만 내 대답에도 선생님은 자신의 원고 때문에 아버지가 곤욕을 치르고 있다고 생각하는 듯했다. 선생님을 조금이라도 위로하려고 나는 밥을 먹다 말고 가방을 뒤져서 그 안에 있던 선생님의 원고를 꺼냈다.

"아버지가 이거 다시 드리랬어요. 이번엔 기회가 안 되지만 다음에는 꼭 인쇄해 보자고 하셨어요. 그땐 무료로 해주실 거라면서."

선생님은 아무 말 없이 원고를 받아 들었다.

“그 원고 말인데 실은… 다 읽어 봤어요. 처음엔 공부라도 할 겸 읽었는데 너무 좋았어요. 만약에 선생님에게 팬이 없다면 제가 선생님의 1호 팬이 되고 싶을 정도로…. 왜 선생님이 조선말로 시를 쓰려는지 이젠 알 것 같아요. 처음엔 쓸데없는 고집으로 여겼는데, 지금은 그렇게 생각하지 않아요. 선생님의 작품들은 조선말로 써야지 살아나는 작품들이에요.”

“고마워요. 내 작품을 읽어 줘서.”

“실은… 읽기만 한 건 아니에요. 많은 사람 앞에서 선생님의 시를 낭송하기까지 했어요. 내 작품을 발표하는 시간에요. 다들 어떤 의미로 엄청난 반응이었어요. 대상을 받으면 근로 장학생으로 뽑히는 특권이 주어지지만, 뭐 어때요. 어차피 난 내지에 갈 생각은 없는걸요.”

“전쟁이 본격화되면 근로 장학생으로 내지에 간 여학생들을 죄다 동원해 갈 거라는 소문이 파다해요.”

“뭐라고요?”

내가 깜짝 놀라 되묻자, 선생님은 쓸쓸한 얼굴로 고개를 끄덕였다.

“아무튼 원고를 돌려줘서 고마워요.”

“네, 그렇긴 한데….”

갑자기 말문이 막힌 나는 티가 날까 봐 남은 밥을 한 번에 입에 밀어넣었다. 왠지 모를 아쉬움이 들었기 때문이다. 따로 말하지 않았지만, 오늘 이후로 더는 선생님에게 시를 배울 수 없을 것 같았다. 선생님에게 시를 배우기로 한 것은 아버지가 선생님의 원고를 싼값에 인쇄하는 조건이었는데 인쇄는 할 수 없게 되었고, 백일장도 끝났으니까.

여러 생각이 드는 와중에 선생님이 입가심을 하라며 차를 내왔다. 따뜻한 도라지 차였다.

"오늘은 어디서 주무실 건가요? 괜찮다면 내 잠자리를 내줄게요. 나는 정 형하고 같이 자면 돼요."

"괜찮습니다. 밥까지 얻어먹었는데 또 신세를 질 수는 없어요."

"그래도 딱히 잘 곳이 없잖아요."

"그건 그렇지만…. 오늘만 대충 보내고 내일 고모 댁으로 내려가려고요. 당분간은 서울에 올라오지 않을 생각입니다. 학교에 그 난리를 쳐놨으니, 학교로 돌아갈 수 있을지도 모르겠어요."

나의 표정을 읽었는지 선생님도 덩달아 침울해졌다. 잠시 어색한 침묵이 흘렀다.

"그렇군요. 나도 조만간 서울, 아니 이 나라를 떠나 있을 것 같습니다."

"어디로 가시나요?"

나의 물음에 선생님은 입을 굳게 다물었다. 뭔가 평소와는 달라 보이는 선생님에게서 어떠한 감정도 읽을 수 없었다. 항상 선생님을 보면 커다란 아름드리나무가 떠올랐다. 굵고 깊은 뿌리는 선생님의 성정을, 푸른 잎사귀는 선생님의 정신을 보는 듯했다. 하지만 지금의 선생님은 달랐다. 겨울을 맞은 나무처럼 매섭고 차가운 바람에 잎사귀를 모두 잃고 굵은 뿌리로만 겨우 몸을 지탱하고 있는 것처럼 보였다.

"윤 형!"

밖에서 어색함을 깨어 줄 인기척이 들렸다.

"개명 신청이 완료되었어요. 이제 도항 증명서를 발급받으면 돼요."

"…그래요."

정 선생님은 뒤늦게 나를 보고 흠칫 놀랐지만, 더 놀란 것은 나였다. 모든 것이 무너지는 것만 같았다. 선생님이 개명을 하셨다고? 총독부에서 개명하지 않는 이들을 비국민 취급하며 갖가지 불이익을 주고 있지만 다른 사람은 다 개명해도 선생님은 그러지 않을 거라고 생각했다. 나는 선생님이 원고에 꾹꾹 눌러쓴 이름 세 글자를 보았다. 어찌나 꾹꾹 눌러썼는지 뒷장에도 자국이 날 정도였다. 그것은 분명히 일본말로 된 네 글자 이름이 아닌 조선말로 된 세 글자 이름이었다. 나나 아버지보다도 훨씬 큰 선생님의 의지였다. 그런데 나도 아버지도 버티고 있는데 어째서 선생님이…

"저기, 순이 학생. 내가 설명할게요. 윤 형도 많이 생각하고 괴로워한 끝에 내린 결정이에요. 이번에 윤 형이 내지로 유학을 가게 되었는데, 개명하지 않으면 유학 자체를 갈 수 없기 때문에…”

“어떻게 이럴 수가 있어요! 제겐 이름을 지켜 달라고 하셨으면서 어떻게…”

선생님은 아무 변명도 하지 않았다. 중간에서 정 선생님이 난처해하며 선생님을 변호하려 했지만, 선생님은 이마저도 못 하게 했다. 나도 안다. 선생님은 처음부터 유학을 가려고 했고, 그러려면 창씨개명이라는 거대한 벽을 넘어야 했다는 것을. 하지만 머리로는 이해해도 마음은 전혀 그러지 못했다. 선생님처럼 우리말을 아름답게 읽고 말하고 쓰는 사람을 본 적이 없었으니까. 선생님이야말로 우리말을 지킬 마지막 조선인이라고 생각했으니까. 그런데 그런 선생님의 이름, 말의 시작이 뒤틀려 버리면 더는 선생님의 말을 신뢰할 수 없을 것만 같았다.

“뭐라고 말 좀 해주세요. 유학이 그렇게 중요한 거였어요?”

“지금은 무슨 말을 해도 변명으로 들리겠지요. 이해해 달라고 말하고 싶지도 않고요. 이미 죄를 저질렀으니 그 어떤 말로도 용서받을 수 없을 겁니다. 무리해서라도 시집을 내려고 했던 것은 그 때문이었어요. 마지막 유언 같은 것이었습니다. 이제 내 이름 석 자는 죽었습니다.”

“그치만… 선생님은 마지막 빛이었어요. 파도가 아무리 거세도 내 말이 흔들리지 않도록 하는 등대였다고요.”

"미안해요. 하지만 저들은 이 땅을 병들게 하고 있어요. 밥그릇이며 쟁기며 죄다 가져다 녹여서 전쟁 무기를 만들고, 순박한 사람들을 이역만리로 끌고 가 명분 없이 싸우게 하고 있어요. 이런 악순환을 끊어 내려면 빨리 실력을 키워 독립하는 수밖에 없어요. 그래서 나는 나를 버리기로 했습니다. 어떤 방법을 써서라도 실력을 끌어올리려면 내지로 가서 배울 수밖에 없으니까. 이를 위해서라면 나는 더한 짓도 할 수 있어요."

눈물이 흘렀다. 선생님이 오히려 아주 오래전에 결정한 것처럼 차분하게 말하는 바람에 더 그런 것 같았다. 어찌해야 하지. 이대로 선생님의 변화를 받아들이고 아무 일 없다는 듯 행동해야 하나? 나도 기요하라 준코로 미련 없이 이름을 바꿔야 하나? 그렇게 하면 학교에서도 다시 받아 줄지 모르고 다구치 선생님도 나를 용서해 주겠지. 그러면 언젠가 아버지의 꿈인 문맹 퇴치를 이룰 수도 있겠지. 하지만 나는 그러기 싫어서 이렇게 도망쳤는데. 좋아하던 학교를 다시 갈 수 없을 거라는 걸 알면서도 포기하지 않았고, 순사들이 집을 뒤엎어도 빈손으로 미련 없이 나왔는데. 이젠 뒷산에서 좋아하는 시를 쓸 수도 없는데…. 그러나 이 모든 상황을 헤아려 올바른 판단을 내리기에 나는 너무 감정이 앞서 있었다.

"선생님 뜻 잘 알겠어요. 선생님이 어찌 되어도 난 내 이름을 끝까지 지킬 거예요. 내게 실망을 주신 것처럼 나도 선생님에게 실망을 주고 싶진 않으니까."

"고마워요, 그렇게 말해 줘서…."

나는 자리에서 일어났다. 선생님도 나를 말리진 않았다.

"차가운 겨울이 지나면 나의 별에도 봄이 찾아올 겁니다. 그러면 무덤 위에 파란 잔디가 피어나듯 제 이름이 묻힌 언덕 위에도 풀이 무성하겠지요. 그때가 되면 굳이 말하지 않아도 순이 학생은 내 마음을 알까요?"

선생님은 내게 고해성사를 하듯 말했다. 나는 입술을 꾹 깨물었다. 고작 이름 하나 바꾼 건데 뭐. 아무리 그렇게 되뇌어 봐도 차오르는 눈물이, 그 마음이, 나를 편히 내버려두지 않았다. 언젠가 선생님을 이해할 날이 올까. 정녕코 그런 날이 올까.

선생님의 하숙집을 나오자, 하늘에서 깃털처럼 눈이 내렸다. 금세 골목골목에 새하얀 눈이 쌓였다. 나는 길을 잃은 사람처럼 골목을 서성이다 목적지를 정했다. 학교로 가기로 했다. 서울을 떠나기 전에 꼭 만나야 할 사람이 있다. 그 사람에게 마지막 말을 남기고 도망칠 생각이다. 아무리 멀리 가도 소용없을지 모르지만 어떻게든 우리말을 지키기 위해 도망칠 것이다. 소중한 것을 지키기 위해 도망치는 것은 비겁하거나 창피한 일이 아니니까.

눈에 새겨진 나의 발자국 위로 다시 눈이 쌓이며 점점 발자국이 지워지고 있었다. 차츰 희미해지는 나의 말처럼.

서
시

죽는 날까지 하늘을 우러러

한 점 부끄럼이 없기를,

잎새에 이는 바람에도

나는 괴로워했다.

별을 노래하는 마음으로

모든 죽어가는 것을 사랑해야지

그리고 나한테 주어진 길을

걸어가야겠다.

오늘 밤에도 별이 바람에 스치운다.

말이 무르익는 시간

1945년 8월 15일, 조국은 광복을 맞이했다. 빛 광光, 돌아올 복復. 마침내 빛이 돌아왔다. 이와 더불어 산도 들도 강도 바다도 꽃도 나무도 마을도 뒷산도 모두 돌아왔다. 그들이 가진 원래 이름도 함께였다. 하지만 기쁘게 그 이름을 부를 사람 몇몇은 끝내 돌아오지 못했다. 선생님도 돌아오지 못한 사람 중 하나였다.

나라를 되찾은 지 5년, 기쁨을 모두와 나누기도 전에 다시 비극이 시작되었다. 생각이 다르다는 이유로 같은 민족끼리 총부리를 겨누었고 우리 곁에 돌아왔던 모든 것들이 전쟁의 포화 속에서 잿더미가 되었다.

광복된 지 10년, 전쟁이 끝난 지도 이제 2년이 흘렀다.

"한을순 선생님, 손님이 찾아오셨어요."

교무실에서 연락을 받은 나는 서둘러 현관으로 향했다. 지리산의 화전민 마을이 모인 곳에 위치한 어느 작은 중학교. 여기서 나는 아이들에게 국어를 가르치고 있다. 일본말이 아닌 우리나라 말을 가르치며 이제는 내가 선생님이라는 호칭으로 불리고 있다. 앞으로 우리말의 장래가 밝을 거라던 선생님의 호언장담은 허풍이 아니었다.

이런 오지까지 손님이 찾아오는 일은 드문 편이다. 그래서일까, 호기심 어린 마음에 복도를 걷는 발걸음은 나도 모르게 점점 빨라지고 있었다.

"아아…."

"실로 오랜만이지요?"

나는 학교 현관 앞에서 나를 기다리고 있던 신사의 손을 붙잡았다. 그는 주름이 조금 늘어난 것 빼고는 영락없는 청년의 모습이다. 신사는 수줍게 웃으며 내게 선물로 주려고 사 왔다는 커피잔 세트를 내밀었다. 정 선생님이었다.

"이게 얼마 만이에요. 그간 건강하셨어요?"

"네, 어르신께서는 안녕하십니까?"

"몸은 좀 불편하지만, 덕분에 잘 계십니다."

우리는 3년 전, 우연한 계기로 만났다. 아직 전쟁이 끝나지 않았던 때, 부산에서 열린 국어국문학회 자리였다. 그는 피란 중에도 부산에서 학생들을 가르치고 있었다.

"부산에 짐을 가지러 왔다가 선생님이 이곳에서 근무한다는 게 생각나서 잠시 들렀지요. 한데 오지랖일 수도 있지만 선생님이 이런 산속에 계시는 게 조금 아깝다는 생각이 듭니다. 충분히 더 넓은 곳으로 가실 수 있는데.”

“아닙니다. 저는 말이 다시 뿌리를 내리도록 여기서 아이들을 가르칠 생각입니다.”

말이 무르익는 시간. 선생님이 바라던 시간은 기어코 왔다. 매서운 추위와 세찬 장맛비와 찌는 듯한 무더위를 견디고, 선선한 가을바람에 감이 익어 가듯. 모든 것이 무너지는 와중에도 가랑비에 옷이 젖듯 천천히.

“역시, 누가 한문주 어르신 따님 아니랄까 봐 기세가 대단하네요. 실은 선생님 얼굴만 보러 온 것은 아닙니다. 선생님께 꼭 드리고 싶은 게 있어서요.”

정 선생님은 들고 온 가방 안에서 뭔가를 꺼내어 내게 건네주었다. 《하늘과 바람과 별과 시》. 선생님이 그토록 내고 싶어 하던 시집이었다.

선생님은 일본으로 떠나기 전 시집을 출간하고 싶었지만 그러지 못했다. 결국 자필로 원고 두 부를 더 만들어서 원본은 자신이 갖고, 한 부는 선생님의 문학 선생님이신 이양하 교수께, 그리고 마지막 한 부는 정 선생님에게 주었다고 한다.

해방 3년 뒤인 1948년, 정 선생님은 선생님의 육필 원고를 출간했지만, 나중에 선생님의 여동생을 만나서 선생님이 고향에서 써놓았던 원고까지 받았다고 한다. 이번에 나온 책은 그 추가 원고까지 실린 판본이었다.

"그때 학회에서 말씀드렸던 책이에요. 전쟁 통에 못 전해 드렸는데, 이렇게 드리게 되네요. 아마 한 선생님이 마지막으로 보신 시집 원고 제목은 '병원'이었을 거예요. 윤 형이 떠나기 전까지 두 제목을 놓고 고민했는데, 직전에 이 제목으로 하겠다더군요. 윤 형의 마지막 선택에 따라 제목은 '하늘과 바람과 별과 시'로 정했어요. 윤 형이 별과 달을 참 좋아했잖아요. 그렇죠?"

"네, 정말 좋은 제목이에요."

책을 받아 든 나는 괜스레 목이 잠기어 제대로 말을 할 수 없었다. 학교를 떠나던 그날, 나는 선생님을 이해할 수 없었고, 진심으로 용서할 수 없었다. 어른들에겐 항상 복잡한 사정이 있다는 사실을 이해하기에 나는 너무 어렸다. 한참이 지나고 나서야 나는 선생님의 마음을 이해할 수 있었다.

선생님은 아침이 오지 않는 밤에도 가슴속에 하나둘 별을 새기고 있었다. 별을 다 헤아리지 못하고 선생님의 청춘은 다했지만, 그 별은 결국 큰 빛을 내며 이 땅의 많은 이들의 가슴에 알알이 새겨졌다. 선생님이 바랐던 건 단 하나, 우리 민족이 스스로 일어서는 것이었다. 이를 위해 선생님은 젊은 날의 부끄러움을 감수해야 했고, 시대적 양심을 넘어야 했으며 일본의 외딴 형무소에서 이름 모를 주사를 맞아야만 했다. 선생님은 독립을 불과 6개

월 앞둔 1945년 2월, 차가운 형무소 안에서 숨을 거두셨다.

선생님의 부고 소식을 들은 것은 내가 당시 선생님의 나이가 되어 말을 되찾고 난 후였다. 나는 그때 선생님이 느꼈던 부끄러움을 고스란히 느끼며 선생님을 미워했던 나를 미워했다. 그런데도 선생님은 이런 나에게 스스로를 변명하지 않았다. 그리고 1944년 봄, 차가운 법정에서 자신을 충분히 변호할 수 있음에도 형벌을 받아들였다.

"선생님은 제게 실망하셨겠죠?"

"그렇지 않아요. 윤 형은 분명 한 선생님을 누구보다 대견해했을 겁니다."

정말 그랬을지도 모른다. 선생님의 시집처럼 나도 선생님이 키운 말의 묘목이니까. 묘목을 사랑을 주어 키우다 보면 자라고 자라서 열매를 맺고 곧 다디달게 영글 것이다. 선생님과 내가 함께한 말이 무르익어 가던 시간은 끝났지만, 이 땅에 사는 모두가 함께 지켜 낸 말은 앞으로도 잘 익어 갈 테니까.

좀 더 머물다 가시라 했지만, 정 선생님은 산간은 해가 일찍 떨어지니 한사코 먼저 가겠다고 했다. 그를 교문까지 배웅한 나는 《하늘과 바람과 별과 시》를 펴 들고 잠시 운동장을 서성였다. 오늘따라 하늘이 흐린 것이 금방이라도 뭐가 떨어질 것만 같았다. 어쩌면 눈이 올지도.

오래지 않아 하늘에서는 하나둘 눈송이가 떨어지기 시작했다.
나는 소복소복 쌓이는 하얀 눈송이를 조심스레 밟아 보았다.

눈 오는 지도

　순이가 떠난다는 아침에 말 못 할 마음으로 함박눈이 내려, 슬픈 것처럼 창밖에 아득히 깔린 지도 위에 덮인다. 방 안을 돌아다보아야 아무도 없다. 벽과 천정이 하얗다. 방 안에까지 눈이 내리는 것일까, 정말 너는 잃어버린 역사처럼 홀홀이 가는 것이냐. 떠나기 전에 일러둘 말이 있던 것을 편지를 써서도 네가 가는 곳을 몰라 어느 거리, 어느 마을, 어느 지붕 밑, 너는 내 마음 속에만 남아 있는 것이냐. 네 쪼고만 발자욱을 눈이 자꾸 내려 덮여 따라갈 수도 없다. 눈이 녹으면 남은 발자욱 자리마다 꽃이 피리니 꽃 사이로 발자욱을 찾아 나서면 일 년 열두 달 하냥 내 마음에는 눈이 내리리라.

작가의 말

　중학교에 입학하자마자 제가 참고서, 만화책과 함께 샀던 책은 윤동주 시인의 《하늘과 바람과 별과 시》였습니다. 험상궂은 얼굴에 어울리지 않게 무슨 시집이냐는 친구들의 놀림도 있었지만, 우연히 고른 그 시집 한 권은 사춘기 시절 저의 마음을 흔들어 놓기 충분했습니다.

　윤동주 시인이 느끼던 부끄러움과 참회, 암울한 시기를 사는 중에도 주변을 따뜻하게 바라보던 시선은 나중에 알게 된 시인의 고결한 삶과 맞물려 더욱 크게 다가왔습니다. 훗날 입시 공부를 하면서 〈서시〉와 〈별 헤는 밤〉을 다시 만났을 때 문제를 풀며 느꼈던 시인에 대한 감정은 아직 선연합니다.

　오랜 날이 지나 윤동주 시인의 시 〈자화상〉처럼 돌아가다 생각하니 그 사나이가 그리워졌습니다.

　처음 시인의 삶에서 시작했던 이야기는 그 시기를 버텨 온 우리 모두의 이야기로 확장되었고, 그 속에서 윤동주 시인은 우리말의 화신으로 되살아났습니다. 극한 상황 속에서도 꺾이지 않던 시인의 올곧은 정신처럼 말이죠.

윤동주 시인의 몇몇 작품에는 순이라는 인물이 실제로 등장합니다. 순이가 시인이 좋아하던 이성이 아니었을까란 상상으로 집필된 다른 소설도 있지만, 저는 순이를 시인에게 시를 배우는 우리말의 계승자쯤으로 여겼던 것 같습니다. 그런 의미에서 순이를 따라 우리말로 작품을 읽은 여러분 모두가 순이와 같은 주인공이기도 합니다.

연희 전문학교 재학 시절 윤동주 시인은 그의 시집인 《하늘과 바람과 별과 시》를 졸업 전에 77부 정도 인쇄하려고 했지만 뜻을 이루지 못했고, 결국 시인이 자필로 세 부를 만들어서 각각 이양하 교수님과 후배 정병욱에게 주고, 나머지 한 부는 자신이 간직했다고 합니다. 결국 해방하고 나서 후배 정병욱이 받은 한 부가 기적처럼 출간될 수 있었고 이제는 누구나 아는 시집이 되었습니다. 이 이야기는 그 짤막한 사실로부터 시작합니다.

과거 일제의 집요한 탄압과 압박으로 자칫하면 사어가 될 수도 있었던 '우리말'은 기적처럼 되살아나, 이제는 한글로 쓴 책이 노벨 문학상을 받고, K-팝과 K-콘텐츠를 등에 업고 세계 곳곳으로 뻗어 나가는 시대가 되었습니다.

《하늘과 바람과 별과 시》와 '우리말'의 운명은 이토록 비슷합니다. 어쩌면 시인이 너무나 사랑하던 우리말로 쓰인 시집이기에 그런지도 모릅니다. 윤동주 시인은 지금의 상황을 보며 흐뭇하게 미소 짓고 있을까요?

이 작품은 시를 주된 소재로 다루지만, 배우는 자세로 조심스럽게 접근했습니다. 하지만 오히려 그러한 부분에서 윤동주 시인이 가졌던 부끄러움의 정서가 느껴진다며 격려해 주신 다른 출판사 여러분께 감사드립니다.

또한 언제나 그렇듯 저와 제 작품을 사랑해 주는 친구들, 가족, 그리고 많은 이들에게도 감사 인사를 전합니다.

앞으로도 우리말이 더 무르익기를 바라며.

이천이십육년 삼월에

우리말로 이야기를 쓰는 이민항 드림.

오늘의
청소년
문학
47

다른 인스타그램

뉴스레터 구독

1941, 우리의 비밀 과외
말이 금지된 시대의 시인과 소녀

초판 1쇄   2026년 3월 23일
초판 2쇄   2026년 4월 17일

지은이   이민항

펴낸이   김한청
기획편집   원경은 차언조 양선화 양희우 장민기
마케팅   정원식 이진범
디자인   이성아 황보유진
운영   설채린

펴낸곳 도서출판 다른
출판등록 2004년 9월 2일 제2013-000194호
주소 서울시 마포구 동교로 27길 3-10 희경빌딩 4층
전화 02-3143-6478   **팩스** 02-3143-6479   **이메일** khc15968@hanmail.net
블로그 blog.naver.com/darun_pub   **인스타그램** @darunpublishers

ISBN 979-11-5633- 769-0 44810
ISBN 978-89-92711-57-9 (세트)

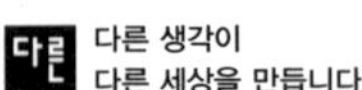